JN150565

新潮文庫

沈むフランシス

松家仁之著

新潮社版

11963

沈むフランシス

水にのって、平らに流されてきたものが近づいてくる。

濡《ぬ》れたコンクリート壁にまず右のかかとが、つづいて骨盤の張りだした部分が、一拍遅れて右肩が、接岸に失敗した小舟のように当たってゆく。それがもし空を仰ぎ見ることができたなら、灰色の雲がまだらにひろがる上空を逆光のシルエットで横切ってゆくトンボが見えただろう。あたりに人の気配はない。

人がいないのだから、漂着したものを見て驚く声はあがらない。絶えまない川の音が、無表情に見つめる透明なかたまりとなり、壁に押しつけられ滞留するからだの両肩を素っ気なくぐいと押す。ふたたび動きだすからだが、水の流れにのる。流れだせばこの暗がりを目ざしてはるばるやってきたのだと言わんばかりの勢いまでついて、のびて揃《そろ》った両脚の足先から、ためらいなく取水口に入りこみ、水路へするりと飲みこまれる。

偶然のかさなりと水の流れが描いたゴールまでのあやうい連繫《れんけい》プレーによって、からだはただただ物理的に水路の奥へとひっぱられてゆく。脳貧血を起こしたようにあたりは真っ暗になる。地表から一・五メートルほど下、本来なら水脈とは無縁の、小麦畑と林の境目をはしる地下導水路は、厳冬期に地表が凍土となり、厚く根雪に覆《おお》われても、凍りつくことはない。

漆黒の闇《やみ》のなか、両手を左右の壁に突っ張れば、ブレーキをかけられたかもしれない。もちろん手を伸ばすことはかなわない。指先はふやけて柔らかいが、関節はかたまって動かない。千分の一の傾斜がつくる浅い水の流れは、体重約六十キログラムのからだを苦もなくおしあげ運んでゆく。暗闇のなかをすべるように、どこかで待っているはずの出口へと、足を船首、頭を船尾にして向かってゆく。スピードは川の流れと大差ないはずだが、水路はひたすらまっすぐだから、流れから外れてゆるやかな渦をまき、とどまるような澱《よど》みはどこにもない。鮭《さけ》が遡上《そじょう》してくることももちろんない。終着点に向かうだけの一方通行は容赦なく速い。

足から向かう暗闇の先に、小さな光があらわれる。水の流れの黒いうねりを光が照らしだす。液体になった黒曜石。明かりは勢いを増し、水の音が大きくなる。流れのスピードがわずかにあがる。学校のプールでクラス全員がバタ足をしているような、なつかしい音。光の方角から逆流してくる新鮮な空気の匂《にお》い。急激に光量がふえたたん、からだがストンと、水路より広く平らで、わずかな傾斜を保つ場所に出る。明るい天井ドーム。両足の裏が鋼鉄の柵《さく》に着地するように当たり、そこでからだが止まる。からだを運んできた水だけが柵の向こう側にあっけなく落ちてゆく。見えない小さな滝。落水の音とひきかえに、柵の向こうの暗がりから冷たい空気がわき立ってくる。

ここから先へはもう進めない。進まなくていい。

今日の配達ルートを頭のなかの赤鉛筆でひと筆書きにしながら、撫養桂子《むようけいこ》は郵便局の裏手にある砂利の敷かれた駐車場に向かった。中学から数えれば二十年ぶりの、しばらく自分のものとはとても思えなかった制服は、いつとも知れないうちにからだに馴染《なじ》み、柔らかく動きやすく感じられるようになっていた。私服でいるときよりも背筋が伸び、歩幅も広がり、砂利混じりの地面でも足の運びはかろやかになる。でも、そう感じるのは朝のうちだけの錯覚なのかもしれない、ともう一人の桂子が思う。

ゆうパック、レターパックのストックを入れた水色のカゴを赤いスズキジムニーの後ろの荷台に置く。その隣に、きれいに畳まれたカーキ色のレインコート、泥のあとのないダークグリーンの長靴、清潔に乾いた雑巾《ぞうきん》、アルミの四段の脚立、古い木製の救急箱が、きのうと同じようにそろえて置かれてある。置いたのはもちろん桂子で、いつでも迷わず使うことができるように几帳面《きちょうめん》に並べたものを、ひとつひとつあらためて目で確認する。

「どうして食べてるそばから片づける」

かつて一緒に暮らしていた男は言った。

「食べることより、洗うほうが大事なのか?」

桂子の食べかたは楚々《そそ》としていながら早かった。「ムヨウは早いけどきれいに食べるね」と、会社の社員食堂で同僚から言われたこともある。「お箸《はし》の持ちかたも、箸使いもきれいだし、うらやましい」

食べる量は男の三分の二ぐらいだったから、あっという間に終わってしまう。食べ終われば片づけたくなる。

ビールからはじめ、途中でワインや日本酒、焼酎《しょうちゅう》にかえて、なるべく最後まで到達しないようにちびちびと時間をかけて食べている男の姿を、あるときから桂子は意地汚いと感じるようになった。それからはなるべく男の食べるところを見ないようにした。

　早々にいびきをかいて眠ってしまう男を寝室において、桂子はダイニングキッチンにもどる。ティーポットもカップもなにひとつ置かれていないまっさらなテーブルの上に、北海道の地図をひろげる。会社の取引先と電話で話しているとき、北海道の輪郭線をメモパッドに描いていたことが幾度もあった。自分が男と別れ、世田谷区の家を出て、この輪郭の内側のどこかで働く姿を想像した。中学時代の三年間、父の仕事で北海道東部の枝留《エダル》に住んでいた。アイヌ語の響きを残す地名が、桂子には泣きたくなるほどなつかしかった。音の響きも、漢字を当てた字面も、いまの自分を遠くから守ってくれるもののように感じた。地図を見渡しながら、頭のなかで声にだして地名を読む。幌加内《ホロカナイ》、音威子府《オトイネップ》、苫小牧《トマコマイ》、占冠《シムカップ》、馬主来《パシクル》、阿寒《アカン》、佐呂間《サロマ》、真狩《マッカリ》。

　切手シートとはがき、釣り銭の入った小さな手提げ金庫と郵便配達用のバッグを助手席に置く。エンジンをかけると、ガソリンの残量がわずかになっていることに気づく。ガソリンスタンドは、国道に出る曲がり角にある。ガソリンスタンドの男の視線が桂子にはわずらわしかった。苗字《みょうじ》はたしか「立木」、いや「立川」だったろうか。

三十代の半ばだとすれば同世代だ。

「きのう浅木屋の前でおおきなあくびしてたでしょ」

作業服に「立木」という小さな名札をつけた男は、自分がたったいましようとしていることに意識のおよんでいない顔と手で桂子に領収書を渡し、そこだけ何かがみなぎっているような目を細めると、うれしそうに言った。浅木屋？　お味噌《みそ》とビールと、それからもうひとつ、小さなもの——目覚まし時計に入れる電池を買いにいったときに？　自分ではまったく覚えていない。それなのに、あくびを見たという男が馴れ馴れしい顔をしていま目の前にいる。

「そうですか」桂子は否定も肯定もせず、盾がわりに薄紙一枚かぶせたような硬い笑顔をわざわざつくって見せた。

まだ何か言いたそうな立木を視界から押しだして、笑顔のままウィンドウを閉めると、正面を向いてエンジンをかけた。アクセルを一気に踏みこみすぎないよう注意しながらガソリンスタンドを出る。局長は毎朝のようにこう言うのだ——「いかなる場合も安全運転で」。

道に出たとたん、桂子は笑顔を遠慮なく引っ込め、思いっきりしかめっ面《つら》をして、「げー」と言った。「なに見てんのよ」まだこちらを見ている立木がバックミラーのなかでどんどん小さくなっていく。進行方向の先をまっすぐに見ながらこんどはアクセルを踏みこみ、自分にだけ聞こえる声で「死ねばいいのに」と呟《つぶや》いた。

桂子が安地内《アンチナイ》村に来て、半年ちかくが過ぎていた。人口は約八百人。郵便配達をしていれば、否応《いやおう》なく顔を覚え、覚えられてしまうほど小さな村だった。春から夏になるぐらいまでは、制服を私服に着替え、買い物にでたり役場で用をたしたりしていても、こちらに向けられる視線をはっきりと感じた。

浅木屋の精肉コーナーで冷凍ではないオックステールを見つけて包んでもらっているとき、気安い物腰の中年の女性が親しげに声をかけてきたことがあった。牛のしっぽなんてどうやって食べるの？　警戒心をあたえないにこやかな声だった。ごく簡単なレシピだからそのまま説明するうち、桂子を好奇心いっぱいの笑顔で観察してはいても、コムタンクッパのつくりかたなど何ひとつ聞いていないとわかった。やがて待ちきれない様子で名前を訊《たず》ねられた。

「むよう？　どんな字を書くの？」

「撫《な》でて、養う、と書きます」

「へえ、初めて聞いた。なんだか立派な苗字ね」

「読みにくいだけで」

「札幌から？」

「いえ、東京からなんです」

そこまで会話が成りたてば、つぎからは十年来の友人のような扱いを受け、その人につながりのある何人もの知り合い、同僚、家族に、桂子の苗字と名前、出身地、公営住宅にひとり暮らし、まあ三十代にはなってるだろうけど、という情報が流されてゆく。

ふだんは遠慮深い人びとが向ける好奇心は、二十代の若い女への無邪気であからさまな関心とはちがい、三十代半ばの女がひとりでいることへのやや入りくんだ関心、つまり顔や髪型や体型をどうこういうのは二の次になるような、目には見えない個人的ないきさつへの憶測が先に立っているはずだ。ガソリンスタンドの立木のような視線は、むしろどこか懐《なつ》かしいとさえいえる例外的な反応だった。

それでも、「なぜこの村を目ざしてやってきたのか」とは誰ひとり訊《き》いてこなかった。慎み深いのか、訊く勇気がないだけか、うわさ話に加わったうしろめたさが口を重くするのか、それらがみな混じりあったものなのか。そもそも訊きたいことを面と向かって訊けるひとなんて、これまでも滅多にお目にかかったことはないと桂子は思う。

遠慮なく質問してきたのは郵便局長の渡辺喜一郎だけだった。親しみやすさと厳格さをあわせた人柄を、最後に口の堅さがまとめあげた表情――桂子が子どものころにはどこにでもあたりまえにいた大人の顔つきをしていた。東京ではポマードの匂いとともにほぼ絶滅したにちがいない顔。面接での質問は単刀直入だった。

「どうしてまた、東京の立派な会社をお辞めになって、わざわざ安地内まで来て働こうと思ったんですか」

会社を辞めた理由を説明しようとしたが、どう言っても自分のほんとうの気持ちにはならない気がした。「十三年勤めたので、ここでひと区切りつけようかと思って」とお茶を濁し、中学一年から高校にあがるまで、乳製品の会社に勤める父の転勤で、三年間、となりの枝留町に住んでいたことを話す。同じく湧別《ユウベツ》川沿いにある安地内村とは四十キロほど離れているが、あいだに伏枯《フシコ》町をはさんだ隣町のようなものだから、もともと地名に親しみがあったし、中学生のころには父の運転で何度も安地内を訪れていた。

「非正規雇用になりますから、待遇はご案内したとおりです。こう言ってはなんですけれど、東京の会社の何分の一でしょう。……ほんとうに大丈夫ですか？」

桂子は局長の制服の袖口《そでぐち》にある、オレンジ色の細いモールのような飾りに目が吸いよせられそうになる。

「ええ、大丈夫です」

父が枝留に転勤になったとき、桂子は十二歳だった。

まもなく父はフライ・フィッシングを始めた。いつのまにかひとりで道具を揃え、黙々と毛鉤《フライ》を自作するまでになった。やがて安地内村の何か所かに父の気に入りのポイントができた。

初夏というよりは晩春の光が降りそそぎ、毛細血管のような初々《ういうい》しい葉脈がやわらかな緑の葉に透けて見える六月はじめの日曜日、桂子もウェーディングシューズをはいてフライ・フィッシングについて行った。父にならって、何度かフライロッドをふり、静かな澱みめがけてキャストしてみたが、フライとリーダーはよくしなう新緑の枝にたちまちからまって、あるいは渓流の岩にかみついて、動かなくなった。黄昏《たそがれ》どきになってから、ようやくこぶりなヤマメを釣りあげたものの、父の教えるようにはいいしめることができなかった。

それでも、父のあとについて渓流で時間を過ごすのは好きだった。川沿いの山道でエゾシカと不意に鉢合わせしたのも、草むらでキタキツネの子どもたちがぶつかりあうように遊んでいるのを見たのも、父と渓流をさかのぼるあいだの出来事だった。

雨が降りはじめると、心配性の父は早々に川からあがってクルマを走らせ、村のなかでひと休みしてから帰宅の準備をした。雨やどりもかねて入った村営の先史資料館を、桂子はとりわけ気に入った。黒曜石を展示してある薄暗い展示室には、つよくなった雨音が丸くくぐもったように響き、広々とした頑丈な布ばりのテントにもぐりこんだような気持ちがするのだった。安地内に越してきたいまもときどき先史資料館をのぞきにいく。日本人などという名称のまだないころ、この村の一帯には、黒曜石から道具を加工し、魚を捕り、獣を狩り、木の実を拾う人たちがいた。桂子は中学生のころから、千年万年単位でさかのぼる古いものに惹《ひ》かれ、憧《あこが》れるようになった。自分を見守ってくれるものは、たったいまの、ここにはない。古いところに、それはある。桂子は誰に言うでもなく、いまもそう感じつづけている。

先史資料館には警備員と受付をかねた初老の男性が入口のカウンターにいるほかは人の気配がなかった。展示ケースにならぶ大小さまざまな黒曜石の矢尻《やじり》や石斧《せきふ》を前かがみになって眺めながら横へ横へと歩いてゆくと、二万年前の人間が何かの合図を送ってくるかのように、古い板張りの床がみしみしときしみ、ぎしぎしと鳴った。

安地内村の高い空の下を歩くのも好きだった。乾いた風が、丈のそろった小麦畑の緑の穂をやわらかく撫でながら通りぬけてゆく。不定形なかたちがどこかに向かって動いてゆくのを目で追っていると、気持ちがからだを離れ、そのままふわりと伸びて広がり、あたりに散ってゆくようだった。子どものころもいまも、その感覚はときどき桂子のなかでふいに起こり、桂子をゆさぶる。雲の動きや水の流れ、大木の繁《しげ》った枝が風にゆれる姿、炎のかたち――名づけようのない動きのあるものを目にすると、視線が吸い寄せられたように離れなくなってしまう。聞こえているはずの音や目に見えるものが頭のなかから消えてなくなる。一体感と疎《そ》外感《がいかん》、まったく相反するものに同時に包まれるような感覚。われを失うようでいて、目の前の世界全体がわれになるような。

　郵便局長の袖口のオレンジ色の細いモール飾りが桂子の視界にもどってくる。局長は、どうしてわざわざ安地内に来て働こうと思ったのかと訊いていた。桂子は袖口から視線をあげて、局長の目を見ながら答えた。

「東京で暮らすようになってから、枝留や安地内村のことが忘れられなくて、いつか帰ってきたいとずっと思っていました」

　帰ってきたい、と桂子が言ったとき、局長はわずかに照れたような表情になり、しかし目はそらさず、そのまま人懐こい笑顔をひろげた。

　その顔を見ているうちに、桂子はしだいに居心地の悪さを覚えはじめた。十五年ほど前、大学時代のフィールドワークで二週間、安地内村と伏枯町に滞在し、老人たちの話を聞いてまわったことがある。このときのことについては、まったく触れずにいたからだ。

社会学を専攻していた桂子は、行政区域の合併に関する高齢者の意識調査を研究課題としていた。研究のテーマと方法を決め、フィールドワークの対象地域を具体的に選びだすとき、安地内村を再訪したいと迷わず思った。締切日よりも二週間も早く、桂子は計画書を仕上げて提出した。

指導教官は、これといって目立つところのない、和紙のように静かで物腰の柔かな人だった。研究の進めかたには、ことあるごとに具体的なアドバイスを惜しまなかった。安地内村でフィールドワークを行いたいという桂子のプランについては、北海道ならではの特殊性が調査結果の背景に現れていないかどうか、つまり、歴史や地理、自然条件が、個人の意識にどのように反映されているかもふくめて調査するように、と言った。

研究課題のフィールドワークで安地内村を訪れたことは、郵便局長に隠しておいたほうがいいような後ろめたい話ではもちろんない。そうではあっても、村の老人たちをフィールドワークの対象にしていたことは面接でプラスには働かない気がしたのだ。

桂子の勘は、ある程度正しかった。

郵便配達員は生活のプライバシーに接する仕事である以上、ひとの暮らしや過去について余計な関心をもってはならないと、桂子の初出勤の日、局長は言った。まだじゅうぶんに寒い四月、外は冬景色のままだった。「ただし」と局長はつけ加えた。「それぞれの世帯にとって、単なる配達人で終わらないようにしてください。民営化しても、公共性のきわめて高い仕事だということを忘れないでほしい。何よりもまず、世の中の役に立つ者として働くこと。その心がけをつねに持って、業務にあたってください」

安地内村に移り住み、こうして働くことになる遠い呼び水にもなった学生時代の聞きとり調査は、戸別訪問などはじめての経験だったこともあり、いまとなっては自分のことながらほほえましく思うほど緊張した。ところが一軒目から、身構えるところのいっさいない笑顔で迎え入れられ、おおらかな話しぶりに接しているうちに、桂子のこわばりはたちまちほぐれていった。

七十代後半から八十代前半の老人たちの、すでに亡《な》くなって久しい親たちは、明治時代に北海道開拓団の一員としてここにやってきた。彼らは桂子と同じ、よそ者だった。どのような偶然に運ばれてか、まったく地縁のない安地内村に流れつき、この場所を開墾することになった。原生林を切りひらけばやがて自分たちの土地になると素朴に思った者もいれば、アイヌの人びとがこのあたりにもいたはずで、つまり誰のものでもないまっさらな場所とはいえないだろうと理解する者もいた。程度の差こそあれ、名づけようのない何かから土地を借りうける人間の、遠慮や戸惑い、畏《おそ》れのようなものが彼らのどこかにはあった。それが言葉のはしばしから伝わってきた。しょせん土地とは借りもので、居つくも離れるも風まかせと思えるような、こだわりのなさとでもいえばよいのか。彼らの話の底には自由があった。だから浮かぶ表情には、よそ者としての気軽さと同時に、寄る辺のなさも漂うのかもしれなかった。

実際に住んでみれば、安地内村の人びとがすべて、インタビューした老人たちほど鷹揚《おうよう》なわけではないし、なにかの拍子に明らかに自分をよそ者扱いすることがあるとわかってくる。三代目ともなれば、そこは生まれた土地なのだから、先住者としての意識が芽生えてくるのは自然のなりゆきかもしれない。それは主義や主張というより、感覚の問題だ。桂子にどうこう言えるものではない。

わずか二百年ほど前、安地内村の一帯は原生林におおいつくされていた。

この土地がもともと誰のものか、そうした考えを寄せつけないほど森は鬱蒼《うっそう》とし、重く深閑とした空気が漂っていた。落ち葉や苔《こけ》でふかふかする地面をあてどなく歩いてゆけば、森の向こうに光と音の気配が漏れてくる。足の向かう方向が定まると、歩調もおのずとせわしなく、早まってゆく。近づく水音、木々の向こうに見え隠れする明るい岸辺。湧別川だ。ゆっくりとジッパーをおろしたように、青黒い森が川の上だけ、空に向かって細く長く口をあけている。

森をつらぬいて流れる川は、どこから来てどこへ向かうのか。それは生きものにさりげなく示される矢印のようだ。ヤマメ、イワナ、アメマスには流れにさからって泳ぐことを赦《ゆる》し、キタキツネやエゾシカ、ヒグマには、渇いたのどをうるおすことを認める。繁殖期がやってくれば、絶えない渇きや、やるせなくせりあがるもの、火照《ほて》るからだを内側から冷ましてやりながら、川は迷うことなくさらに北のオホーツク海をめざす。ただただ流れている圧倒的な水の勢いは、原生林の静けさに耳を澄ますことなく、先を急ぐ水音を絶えずあたりにふりまいてゆく。

桂子が想像すらできないのは、ここで農業を始めようという意思がいったいどこからわいてきたのか、ということだった。原生林に入り、木を伐《き》り倒して運びだし、笹《ささ》やぶを根こそぎにし、石を掘りだしてよけ、土地を耕す。これほど北の果てに近い、巨木がそびえる原生林をなぜ開墾しなければならなかったのか。

千年単位で遡《さかのぼ》るなら、誰かが歩き、木の実をひろい、獣を狩っていただろう。しかしいったん人が去れば、もとにもどるのは苦もないことだ。人の記憶などとうになくした原生林の、枝をかきわけ、腐葉土を踏みしめ、倒木をまたぎながら、ふたたび人がはいってくる。木を伐り倒せば、つめたく堅い地面に太陽の光が届き、耕された土はほくほくとやわらかくなる。蒔《ま》かれた種は最初はおずおずと、やがて遠慮なく根を伸ばし、水や養分を思うさま、たっぷりと吸いあげはじめる。

土地をひらくために必要だった伐採の作業は、やがて農閑期の冬の村をささえる造材業へ発展していった。男性の老人の姿勢や体格が、立体的な厚みとたしかな筋力を感じさせるのは、とてつもなく重い巨木を扱った、親の世代の日常の名残りかもしれない。東京の男たちの清潔な薄い胸板を桂子はかならずしも嫌いではなかったが、安地内村の老人の、老いてもなお面影の残る、かたちのきれいながっしりした上半身や太い首筋にはどうしても目がいってしまう。物めずらしい何かを見たときのように、いつもとはちがう脈拍が自分のなかに打たれはじめるのがわかる。

老人たちは意外なほど話し上手だった。桂子の脳裏には、暗い原生林やまぶしい雪景色、こがねに色づいた小麦畑の光景が浮かんだ。内地の暮らしから遠く距《へだ》たった厳冬期のありさまを語る声には、未踏の地での経験を物語る探検家のようなヒロイックな響きがまじっていた。興にのれば笑いを呼びこむ明るさまで帯びてくるのは、老人たちにとって自分が孫のような、他愛《たわい》ないものに見えているせいか。それとも、遠来のひとりの女として見られているのか。桂子にはなんの手がかりもなく、ただ老人たちの笑顔とよく動く口もとを見ているばかりだった。老人たちは桂子のからだをほんのわずかな瞬間、見ることがある。胸もとや腰のあたりを。桂子はなぜか嫌だとは思わなかった。老人の目の光はきまぐれで、桂子の胸もとに目をやったかと思うと、突然、子どものころの出来事を見ているような顔つきに変わってしまい、視線のゆくさきが宙に消え、桂子はそこには居ないかのようになる。

開拓の半ばで村が大火にみまわれたとき、猛火は家々や木々を焼き払うばかりでなく、畑の土のなかのじゃがいもまで焼き芋にしてしまった。そのまま打ち捨てるよりは、と食べてみたじゃがいものうまさに驚いた話。鎮火して、さてこれからどうしたものかと途方に暮れるころ、誰かが誰にともなく言った——これで大木の伐りだしの手間がだいぶはぶけたな——桂子の前で昔話を語っていた老人の瞳《ひとみ》は、窓から差してくる西日を斜めから受けて、琥珀色《こはくいろ》に照り輝いていた。美しいものがこんなところにもある——桂子は不意をつかれ、光る瞳をじっと見た。

郵便配達に慣れてきたころ、かつて話を聞かせてくれた老人たちの半数以上がすでに亡くなっていることがわかった。齢《よわい》を重ねている人たちも、十年以上前に来て話を聞いた桂子の顔などもう覚えていないだろう。郵便配達員の格好をしていれば、速達や書留を手渡すときでさえ、顔をじっと見かえす人はめったにいない。名のって挨拶《あいさつ》をしたとして、思いだしてくれる人がはたしてどれだけいるだろう。

桂子は思う――人がかたちにしたものは残っても、人そのものは残らない。その人がどのような風貌《ふうぼう》をそなえ、手や足、からだをどのように動かし、どのような声で話をしたか――かたちにとどまらないものは残らず消えてしまう。

一滴として同じ水を含まないのに、同じ流れにしか見えない川の流れにそれは似ている。激流に運ばれてきた大きな岩や大木の幹のように、そこにとどまってかたちを残すものもある。しかしそうしたものはめったに流れてはこない。あれほど馴染み親しんだ、見紛うはずもなく、忘れられるはずもないしぐさや声や匂いは、茫洋《ぼうよう》たる時間のまえではひとたまりもない。記憶は曖昧《あいまい》になり、やがては忘れられ、消えてゆく。

安地内村は早くもすでに秋だった。赤や黄色に変わった葉の匂い、早朝に見る吐く息の白さは、生きることよりも死ぬことを近しく感じさせる。冬に向かう秋が、桂子は好きだった。

おだやかに流れる湧別川ぞいの道を、対向車線にクルマが見えてくるまで、桂子は間抜けに見えたにちがいない自分のあくびの顔を想像しながら運転した。あくびを見たという立木の顔を見えないワイパーではじくように、「ばーかばかばか……」と鼻歌みたいなスキャットでラヴェルのボレロを歌った。桂子がいそいで口を閉じ、真面目《まじめ》な顔にもどって最初にすれ違ったのは、役場の公用車だった。公営住宅の契約をするときに担当だった女性だ。しんと静まりかえった役場のなかで、つやのある声が響く人だった。表情もくるくると変わり、愛嬌《あいきょう》がある。おそらく同世代の彼女は、ごく最近離婚したようだ。郵便物の転送先の住所は伏枯だった。クルマの運転席にいる自分をはっきりと見て笑顔で頷《うなず》いたから、桂子も頷くように挨拶をかえした。

砂利辺《サリベ》地区は村の四分割された配達区域のうち、もっとも広い北東エリアをカバーしている。村の中心部の配達区域の十倍以上の面積があるが、世帯数はその十分の一にも満たない。国道と湧別川をのぞけばほとんどが山林で、畑として使われている土地はごく限られている。

村の中心部から離れるにしたがって、家と家のあいだが離れてくる。その距離が村との同調性を低くしてゆくのだろうか。それとも、もともと同調性の低い世帯が村の中心から離れていったのか。郵便局に対して規定外の要望が出てくるのは、だいたいこの砂利辺地区からなのだった。配達軒数は少ないし、住民には独特の癖があるのに、桂子はここをまわるのが嫌いではなかった。

「配達は土曜日だけにしてくれないか」自動車修理工場で働き、七十歳で引退してまもなく十年になるという老人は、毎日ポストを見にいくなんて煩《わずら》わしくてかなわない、週に一回くらいでじゅうぶんだ、と言う。「おれのところには急ぎの郵便なんてひとつも来ないからな」指の節や爪《つめ》のあいだに入れ墨のような黒いシミを残した手で、坊《ぼう》主《ず》刈りの白い頭をざらりと撫でた。家の裏側にある犬小屋のあたりから、ウォンウォンと鳴く声がする。

郵便物が配達されることじたい煩わしいという考えかたもあるのかと驚いたが、考えてみれば桂子も会社を辞める一年くらい前から、三十分単位のEメールのチェックにとらわれている自分にうんざりするようになっていた。安地内に来てからは、インターネットは田舎で暮らすための必需品とありがたく思ったが、東京を離れるときに携帯をあたらしい機種に替え、電話番号もメールアドレスも変更し、ほんの数人にしか知らせなかった。固定電話はない。これだけでおそろしいほど静かになった。誰かに連絡したいときには、よほどの急ぎでないかぎり、新調した万年筆を使って、はがきか手紙を書くことにしていた。

「配達は土曜日だけにしてくれないか」という老人に、なるべく笑顔をたもちながら桂子は言った。

「ごめんどうですみません。でもご親戚《しんせき》やお知り合いからいつお手紙が届くかもしれませんし、年金の書類や、健康診断のお知らせや、いろいろと大事な書類も郵便で届きます。そういう書類を郵便局が留め置いて保管することはできないんです。申し訳ありません」

なるほどと思う要望もあった。年をとって目が悪くなり、「もう自分じゃ読めないから、封を開けて読んでくれないかね」と、やはり砂利辺地区の別の老人に頼まれたのだ。

一人暮らしの老人なら、誰にでも起こり得ることだと桂子は初めて気がついた。そのときは配達をあと二軒残すだけだったので、要望を受け入れることにし、玄関先で封を丁寧にあけて便箋《びんせん》をとりだし、声にだして読みあげた。

手紙は老人の姉の子ども、つまり姪《めい》からのものだった。

肺癌《はいがん》の再発で母が群馬の病院に入院し、来週にはまた手術を受けることになった、余命は半年だと言われている、心配するから伝えないでほしいと母は言っているが、叔父さんのことをくり返し懐かしがっているので、やはりお伝えすることにします、とあった。筆跡は丁寧で読み間違いようのないものだった。しかし老人に見舞いに来てほしいのか、来てもらう必要はないと思っているのか、曖昧だった。どちらにも受けとれるように書いたのかもしれない。老人はここしばらく何年も、北海道はもちろん安地内村からも出たことがないのではと思われた。見舞いに行く気があっても、群馬までのルートや飛行機のチケットをどうやって調べ、手に入れるのか。

老人は頷いて、「あんたは読むのがうまい」と言った。

「もし、お返事を出されたいということでしたら、はがきも切手もありますし、便箋と封筒も簡単なものなら用意があります」

自分の顔の前で軽く二回、蠅《はえ》を追うように手を左右に振って、老人は言った。「返事は、出さん。着いたころ、おれが先に死ぬかもしれん」

そして初めてにやっと笑った。

規定にない要望は、簡単には受け入れないように、と局長には釘《くぎ》をさされていた。「好意だったとしても、かかる時間によっては、配達の遅れをまねくからね」しかし局長はこうも言った。「ただ、勤務時間を終えて、制服を脱いで、村民のひとりにもどったら、どんな手伝いをしてもいいわけだ。そのように考えれば、何から何まででき ません、と言わないでもすむ方法もあるかもしれないよ。いや、そうしなさい、という意味ではないけどね。それはあなたの判断だ」

家々の前で停車してはエンジンをとめ、湧別川からわたってくる音や木々の葉ずれの音を聞き、白や薄茶色の郵便物をさまざまなかたちの郵便受けに入れ、それが箱の内側に落ちる音を聞くのが桂子は好きだった。向こう側から届くのは音ばかりではない。匂いもする。

書留や小包を手渡すために、おのおのの家のもつ独特の匂いが漂う玄関に立つのは、ときに緊張をしいられる。卵焼きの匂い、ごま油で何かを炒《いた》めた匂い、醬油《しょうゆ》とかつおぶしのまじっただしの匂い。ごはんの炊きあがる匂い。仏壇のお線香やあたらしい畳の匂い。いろいろな匂いがまじりあう。子どもの匂いもあれば老人の匂いもある。

「郵便ポストには入れんでおいてくれないかね。いつでも開いてるから、勝手に玄関をあけて放りこんでくれればいい」

つねに寝起きのような髪をして無精髭《ぶしょうひげ》をはやした老人が、感情のうかがえない顔でそう言った。ふとんや畳、新聞紙の混じりあったような粉っぽい匂いのなかで、たいていテレビを見ている。国会中継のあるときはひときわボリュームが大きい。郵便を玄関の上がりかまちに置いてもまず気づかない。あるいは気づかないふりをしているだけなのか。テレビの右手には仏壇があり、左手には酒造会社の大きなカレンダーがかかっている。青みがかった着物姿の女優が薄暗い部屋に向かって微笑《ほほえ》んでいる。春も夏も、女優は同じ姿、同じ表情をしていた。

湧別川ぞいにしばらく走って、橋にむかって右折する手前に、木造の一軒家がある。いまでも薪《まき》ストーブを使っているらしく、東側の壁いっぱいに薪が積み上げられている。ここは配達がなくても帰り道にかならず寄ることになっていた。夫がいないときには車も出せないし、腰が悪くて郵便を出しにいけないから、と中年の婦人が言うのだ。

夫は枝留の中学校の理科の先生らしい。つまり、夫には託せない、託したくないということなのか。郵便配達員はそういうことに関心を持ってはならないのだから、桂子は淡々とその家のベルを押し、待ちかまえていたように玄関に出てくる夫人から郵便物を預かった。封書であったり、はがきであったり、小包であったり、渡されるものはいろいろだった。それこそ習字の先生のように楷書体《かいしょたい》のみごとな筆遣いで書かれた宛先《あてさき》が目に入る。受け取ったものは、すぐに集配用のバッグに納める。

湧別川をまたぐ橋を渡り、舗装されていない林道をしばらく進むと、左手の林の向こうに川が見え隠れするエリアにさしかかる。川と並行する道が川岸のほうへ幅を広げている一角に、小さな駅舎にも見える横長の木造平屋の一軒家がたっている。

ここに住んでいるのは老人ではなかった。

郵便物の宛名はいつも同じだったから、たぶんひとり暮らしなのだろう。平日でも姿を見かけることがあり、会社員でも農家でもなさそうだった。なにかの自由業なのか。年上に見えるが、たぶんそれほど離れてはいないだろう。四十歳になっているかどうか。

平屋の向こう側には、川岸に向かってなだらかに下る芝生の庭があり（いつ見ても短くきれいに刈られていた）、そこに物干し場があった。ポストに郵便を入れるとき、庭に干されてある洗濯ものが視界に入ることがある。白いシーツ、タオル、Tシャツが並んだ横に、句読点みたいに見える紺やグレーの靴下。ひとり暮らしだということは、洗濯ものからも想像できた。間隔や並びかたが整いすぎている気もしたが、それが丁寧さの証《あか》しなのか、神経質な性格のあらわれなのか、これだけではわからない。

芝生の庭にデッキチェアを出して本を読んでいる男を何度か見かけたことがある。短めの髪。本を持つ長い腕。配達車が停まる音は聞こえただろう。男はこちらをふり返らなかった。

家の窓は開いていたためしがない。いるのかいないのかわからないが、家の横に白いジープ・チェロキーが停まっていれば男が在宅していると気づいてから、桂子はいつもなんとはなしにクルマがあるかどうかを見ていた。

郵便物の宛名は、「寺富野和彦」となっていた。人のことは言えないが、めずらしい苗字だと撫養桂子は思う。

小さな枕《まくら》なら苦もなく入ってしまうほど郵便受けが大きいのと、書留や速達を届ける機会もなかったから、玄関で直接手渡したのはこれまでたった一度だけ、郵便配達をはじめたばかりのころだった気がする。桂子より背が高く、痩《や》せても太ってもいない、おたがいの視線が小包に落ちていたから、顔は覚えていなかった。

平屋の家から川岸へと降りてゆく途中に、もうひとつ大きな木造の小屋があった。川の流れる音に混じって、低くうなるような機械音がそこから連続して聞こえている。道路を隔てた山側の、少しだけ坂をのぼったところには、温室にも見えるカマボコ型のドームのような建屋がある。木造の小屋も温室らしき建屋も、男の平屋の家と何らかの関係がありそうだった。

ある日、めずらしく寺富野宛に小包がひとつあった。ほとんど重みは感じないが、丁寧に梱包《こんぽう》されていることと、重みに較《くら》べてずいぶんかさがあったので、それなりに貴重なものが入っているのではと思われた。桂子は白いチェロキーに目をやってから(こんな山のなかなのに、いつも洗車したばかりのようにつやつや光っている)、もうすっかり鮮やかさが失われ冬の色合いに変わりつつある芝生の庭を見て、そこに誰の姿もみとめられないことを確かめ、玄関のベルを押した。ドアが内側に開いた。

「寺富野《てらとみの》さん、小包です」

男は小包を見て、それから桂子をじっと見た。贅肉《ぜいにく》のないひきしまった顔の輪郭のなかで、目もとと口もとがやわらいだ。

「苗字、よく読めましたね。しょっちゅう寺富って間違われる。なぜか寺だけ省略して富野さん、とかね」

桂子は返事に窮した。男は桂子の警戒を解くように笑顔になった。目もとの皺《しわ》で、少し年上の風貌になる。「いやそのとおりで、間違いないんですけど」

拍子抜けした桂子は、にこにこした顔のまま玄関に突っ立っている寺富野に、「すみませんが印鑑をお願いできますか」とやや早口に言った。

「はい、ちょっと待ってください」寺富野は玄関の壁につくりつけられている、小鳥の骨壺《こつつぼ》でも入っていそうな小さなキャビネットを開けると、そのなかから印鑑を取りだした。桂子は寺富野の声を深みのある丸い声だと思った。北海道のわずかななまりも聞きとれないイントネーション。印鑑を丁寧にしかし軽く押す指先に目がいく。農作業などしたことのないようなきれいな指だ。ひょっとして東京の出身ではないかと思いながら、そんなことを想像してなんになると自分の頭が文句を言う。突然少しだけ不機嫌になって、桂子は軽くてかさのある小包を寺富野に手渡した。

「ありがとう」

寺富野は無邪気な声で礼を言った。関心がすでに桂子から小包に移っているのはあきらかだった。

桂子はクルマにもどった。あと一軒だけまわれば、今日の配達は終わる。郵便局にもどり、自分でつくってきたお弁当を食べ、水筒のほうじ茶をのみ、午後は今日が当番の再配達を十軒ぐらいこなせば、仕事は終わりだ。夕ごはんはどうしよう。カレイの一夜干しを焼いて、きのうつくったじゃがいもと人参といんげんの煮物をつけあわせて、ネギと豆腐の味噌汁でもあれば、今晩はそれでいいや、とまだ昼前なのに夕ごはんの献立を考えながらハンドルを右に切り、寄せてあったクルマをUターンさせようとしたとき、閉まったばかりの玄関のドアが開いて、寺富野が飛びだしてきた。手をふりながら駆け寄ってくる。桂子はブレーキを踏み、寺富野を見た。ウィンドウを下げると顔をつきだすようにしてかがみこんできた。顔がとても近い。意外なことに、石鹸《せっけん》かシャンプーの匂いがわずかに漂ってきた。

「あの、もうひとつ小包がきてませんでしたか？」

うしろの荷台には、小包どころか枯葉一枚残っていない。いちばんよろこばしい状態だった。仕事はまもなくおしまいだよ、とからっぽの荷台が桂子の耳もとにささやいたばかりだ。

「いえ、今日はお渡ししたものだけでしたけれど」

寺富野は「そうですか。おかしいなあ」とだけ言って、いったん呼吸を整えるようにしてからまた笑顔になった。今度はかすかなミント系の歯磨きの匂い。

「じゃあまたあした」

軽く手をあげているが、あしたも配達があるとはかぎらない。

寺富野は曖昧な顔のままでいる桂子に、さらに邪気のない笑顔を見せるとくるりと背を向け、今度は一度もふり返らず家に入っていった。桂子はハンドルに両手をのせたまま、顔だけ横に向けて寺富野を見送った。うしろからみると意外に肩幅がある。姿勢や歩きかたには癖はない。特性のない男。

桂子はクルマをUターンさせてもどる途中、橋を渡って左折し、教員宅に寄り、夫人から縦長の郵便物を受け取った。自分で重さを量って調べたらしく、一センチ近い厚みのあるやわらかい封筒には、宛先以外の余白にすき間なく切手が貼《は》られてあった。水球やフェンシング、体操の選手の姿がパステルカラーで印刷された、東京オリンピック記念の五円切手だ。見た目よりはるかに持ち重りがする。宛先は夫の勤務先の中学校がある枝留町で、宛名には記憶にも残らない平凡な名前が書かれてあった。桂子はその厚い封筒を納めた集配袋を助手席に載せて、郵便局にもどった。

郵便配達の仕事は、一日単位で終わる。不在で手渡せなかったものを除いて、手もとにあったものはすべて相手に渡り、あとにはなにも残らない。

これが何よりありがたいことだった。会社員だったときは、どこかにかならず終わらない仕事が残り、次の日に送られていった。とにかく毎日、仕事が残らないように片づけたいと思っても、それはとうてい無理な願望だった。

石油や鉄、機械、エネルギーを扱う会社のなかで、食品原料を扱う部署の茶葉の生産管理、販売を担当するチームに桂子はいた。「うちは吹けば飛ぶような葉っぱを扱いながら、全世界のあらゆる人の喉《のど》をうるおす先進事業だ。戦争や不況も怖くない。最後に生き残るのは小銭かせぎだよ」と上機嫌に言う部長のもと、入社以来ずっとさまざまな色、かたち、匂いの茶葉を扱いつづけてきた。表向きの華やかさとはちがってまだまだ古い体質の会社だったが、給料も高く、同じ大学の出身者も多く、居心地も悪くなかった。

男と別れて半年ほどが過ぎたころ、顔の見えないひとびとの喉をうるおす仕事から離れ、銀行預金を資金にしてお茶の専門店を始められないかと考えたこともある。店をどこに開くか、仕入れや経理、人も雇って、と想定してゆくと、毎日が散らかった机のうえを片づけるような事態になってゆくのは目に見えるようだった。

預金は少なからずある。かたちの定まった仕事、その日その日で終わる仕事をしたい。それも北海道で。仕事が終われば、料理をして、本を読み、音楽を聴いて、DVDを見る。給料は安くてもいい。空がひろく、川が流れていて、クマやシカがいて、乾いた雪の降るところ。場所はできれば枝留周辺、と決めて仕事を探した。

安地内村の郵便局で非正規雇用の局員として働くことが決まると、桂子は会社に退職を願いでた。その半年ほど前に男と別れるときは、堂々巡りの話し合いが一か月近くつづいた。まずは泣き落としにあい、翻意しないとみるや脅しに近い言われかたまでされて、そもそもどうしてこんな男と暮らすようになったのかと最後には自分自身にも呆《あき》れはじめたころ、男はつきものが落ちたように突然別れに応じた。その余波からまだ抜けだせずにいた桂子は、会社を辞めると申しでることで生ずるごたごたを覚悟していた。ところが、総合職とはいえ同期の男性社員よりあきらかに昇進が遅かった桂子の退職願いは、「札幌支社もあるぞ」と部長から挨拶程度に引き留められはしたものの、予想していたよりもずっとあっさり受理されたのだった。

北海道に移り住もうとすることが、どこか突飛なことだというのは自分でもわかっていた。だからこそできるだけ現実に即した行動を桂子は心がけた。動くにはまず身軽になりたい。荷物を半分以下に減らそうと思った。服はほとんど同じ体型の年下の従妹《いとこ》に引きとってもらった。本やCD、家具や家電もできるだけ処分した。

それなりの預金はあったが、東京よりも光熱費がかさむうえに、現地では四駆のクルマがなければ身動きがとれない。ガソリン代もばかにならないだろう。北海道の山村で四駆がなかったら、東京のレストランでの会食や、ホテルでのパーティに履いてゆく靴がないことより、はるかに悲惨だろう。いやそれどころか生きていけないのではないか、と桂子は思った。

こうして桂子は身のまわりを整理して、東京都世田谷区を離れた。安地内村の非正規の郵便局員になり、公営住宅を借り、小さな四駆のクルマを中古で買い、あたらしい生活をはじめた。その成りゆきは、自分でも息をととのえる暇がないほどめまぐるしかった。

寺富野和彦につぎに会ったのは二日後だった。

この日もまた、かさばるわりに軽い小包を届けた。

「大きいのに軽いでしょう？」

桂子の内心を見透かすような問いに「はい」と中途半端《はんぱ》な声で答えると、寺富野は説明をはじめた。

「精巧なものを運ぶときは、どうしても厚着になるんですよ。ずいぶんまえに美術品を梱包して運ぶ作業を手伝ったことがあるんだけど、あれに較べればたいしたことはない。人間もただでさえ厚着なんだから、余分な肉をつけないように気をつけないと」

意味がよくわからなかったから桂子は黙っていた。

「あなた、音楽好きですか？」

寺富野はこのまえと同じく唐突だった。わたしはいつから「あなた」なの、と桂子は思った。それでも寺富野の訊きかたが飄々《ひょうひょう》としていたから、身構えるほどのことでもないと思いなおし、「ええ、まあ」と曖昧な返事をした。いまもしｉＰｏｄが故障したらかなりあわてるというぐらいは音楽が好きだったからだ。配達中はもちろん音楽はかけていない。でも頭のなかでひとりでに音楽が鳴るのはいつものことだった。

「いい演奏だったらトランジスタラジオでだってちゃんと聴けるし、それならそれでいいんです。でもね、音楽ではなくて、音はちがう。音は、なにで聴くかによって、全然ちがうんですよ。これは、聴く人の感覚の水準点みたいなものをがらっと変えるぐらいのちがいです」

水準点？　桂子には自分があからさまに戸惑った顔をしているのがわかった。

「すみません、配達中に。突然ですけどあさっては日曜日だから、お休みですよね。お時間ありませんか。枝留の友だちが夫婦で遊びにくるんです。お茶を飲んだり、音楽を聴いたりするだけなんですけど。よく聴くCDを一枚でも二枚でももってきてくれたら、うちの再生装置だとどんなふうに音が鳴るか、わかってもらえるかもしれません。午後からならいつでも。ふたりとも三十歳そこそこだから、あなたと同世代だし。気がおけない人たちですよ」

桂子はさらに困った顔をいっぱいにひろげているはずだった。わたしは三十五です、とわざわざ断る必要もないし、ほかのセリフも思いつかない。桂子は腕時計に目をおとす。これ以上こうやって立ち話なんかしていられないとわかってもらわなければ。男は桂子の動作にはみじんも反応せず、邪心のなさそうな笑顔にもどった。

「ぼくは音をちゃんと聴くために、ここでフランシスと暮らしているようなものなんでね」

「フランシス？」桂子ははじめて声をだした。

「そう、フランシス」男はいったん言葉を区切ったのに、説明しようとはしない。

「フランシスが産地直送で届けてくれるのは……」男の顔がにわかに曇った。「……やっぱり聴いてもらわないと」

男の間接的な、しかししぶとい誘いになかば呆れながら、桂子はその困ったような顔にも、さっきの笑顔にも、どこか惹かれる気持ちが生まれているのを感じた。こまめに洗って日に当てている清潔なシーツのような表情だった。繊維のあいだを風が通っていった乾いた手ざわり。もうひとりの桂子が渋い顔をして、そうやってやすやすと男に惹かれた結果、どうなったの、と不景気な声で言う。話のおもしろい男、笑顔のいい男はとくに、気をつけたほうがいいんじゃなかったの。

その声を頭のなかで聞きながら、桂子はこうも思っていた。東京で、こういう脂気《あぶらけ》のないかろやかな笑顔のひとに会ったことがあるだろうか、と。桂子は寺富野の顔を遠慮なくじっと見た。思わず笑ってしまったとき、困りはてたときにその人がでる。寺富野のような笑顔を、中学時代の枝留で見たことがあるような気がした。

そういえばさっき寺富野が言っていた「フランシス」って、誰のことだろう。フランシスは男の名前じゃなかったっけ、と桂子は思う。髭面《ひげづら》のフランシス・フォード・

コッポラ。でも『小公女』のフランシス・ホジソン・バーネットは女性作家だ。「薫」みたいに男でも女でもありうる名前なのか。いずれにせよ、安地内村に来て一度も聞いたことのない名前だった。ひょっとすると寺富野はオーディオマニアで、恋人は外国人の男なのか。だからこんなに気軽に、女である自分を家に招待しようとしているのか——庭の物干しの白い洗濯物が、几帳面《きちょうめん》に並んで風に揺れていた光景が思い浮かぶ。ひとり分にしては数が多かったような気もしてくる。

「これ、中身はトーンアームとカートリッジなんですよ。つくった真空管アンプがいい値で売れたから、思い切って買ったんですけど……いや失礼、ぼくばっかり話してますね。あの、ほんとうによかったら、いらしてください」

桂子は曖昧な笑顔で「ありがとうございます」と言い、やや型どおりに頭を下げて郵便配達車にもどろうとした。そこへ何かのセリフのような声が追いかけてきた。

「あの、お名前をうかがっていいですか？」

桂子はあやうく吹きだしそうになるのをおさえて、ややぶっきらぼうに自分の苗字《みょうじ》だけ口にした。

「撫養」

「え？」

寺富野が何かを聞き漏らしたような、ぽかんとした顔になった。その顔が、気の弱い大型犬のようで、桂子ははじめて笑った。

「音だけじゃ、わかりませんよね。撫でて養うって書きます。む、よう、です」

「へえ。撫、養ですか。ぼくの名前ぐらいめずらしいですね」

つづけて寺富野は「下のお名前は？」と訊いた。

「木へんに土をふたつ重ねた桂子です。では、さようなら」

桂子は明るい声で答えた。自分の声が芝居のセリフじみていて、つまりそれは少しはしゃいでいるからそうなのだと気づいて驚いた。

「さようなら」寺富野の声は素直だった。「よかったら日曜日、ぜひいらしてください。午後からならいつでもいいですから」

男の声を背中に受けて、桂子はクルマに向かった。いつもより歩調が軽くなっているのをありありと感じた。

「CDも持ってきてください！」

遠ざかる桂子に向かって、男の声が無遠慮に大きくなった。

「手土産なんかいりませんから！　待ってます！」

日曜日の午後二時すぎ、桂子は寺富野の家に行った。

迷ったのは何を着ていくか、だった。

気がついてみると、ここしばらくスカートをはかなくなっていた。安地内村ではスカートは機能的でも合理的でもなかったからだ。中心部をはずれた湧別川の近くでは、場所によってブヨがいるし、制服でズボンをはきなれたせいもあるかもしれない。秋口になれば日が暮れる前から気温がぐんぐん下がり、素足ではとてもいられない。

東京では、パーティのときピエール・マントゥーのストッキングを穿《は》くぐらいのことはした。短い時間なら、ごく薄いストッキングにいつもよりぐんと高いヒールをはいて、背筋をのばして歩いたり、姿勢を意識しながら立ち話をするのはいやではなかったが、そもそも桂子はストッキングが嫌いだった。安地内村にはお祭りはあってもパーティはない。冷たい素足のまま一日を過ごせばとたんに冷えきってしまい、お腹《なか》の具合も悪くなる。素足ではいられない以上、スカートをはかなくなるのは道理なのだ。

冷えに弱いのは女であるはずなのに、なぜ脚をだすのだろう。スカートをはきなれてしまえば、そんなことになんの疑いもなくなるが、もとはといえば、多かれ少なかれふともも や脚や足首に視線を吸い寄せられる男のためだったのかもしれない。

東京で出会うのはほとんどがゆきずりの視線だ。ところがここではすべての視線に名札がついている。昨日の視線には、明日も明後日も出会う可能性がある。二度と出会わない、などということはまずありえない。安心といえば安心かもしれないが、いったん窮屈と感じてしまったら、窮屈きわまりなく、逃げ場がない。そうこうするうちに、桂子のスカートはいつしかクローゼットにかけられたままとなり、何本かのジーンズと、綿や麻やウールのパンツがローテーションするようになった。

結局、ややこしく考えるのはやめにして、ジーンズにノーカラーの白いシャツ、ショールカラーのざっくりした赤いカーディガン、茶色のモカシンといういつものかっこうにした。

先に着いていた枝留の長谷川夫妻は、気やすい雰囲気のひとたちで、桂子を親しげな笑顔で迎えた。桂子がいったい何者なのかを表向き問わないでいる態度も、飾らない笑顔が板についている様子も、どこか寺富野と似たところがあった。

三人が向かいあっていたのは、リビングに入ってすぐの大きなテーブルだった。たぶん骨董《こっとう》なのだろう、天板にいくつもある古い傷が、黒光りする木肌になじんでいる。テーブルの真ん中には乳白色のボーンチャイナの大皿に、切り分けられる前の円いパイが置かれてあった。アップルパイだろうか。甘い匂いがする。

桂子は家の裏庭に咲いていた白いシュウメイギクをひとかかえ、寺富野にわたした。安地内村に花屋はなかった。寺富野は大げさによろこんで受けとり、花瓶がわりに白い琺瑯《ほうろう》のピッチャーをどこからか引っぱりだしてきて水を満たし、花束をふわりとさしこんでかたちをととのえた。そしてパイ皿の隣に音も立てずに並べると、よく映える角度をたしかめるように、琺瑯のピッチャーをわずかに回した。乳幼児をベビーバスからあげてタオルにくるみ、丁寧に拭《ふ》いて肌着を着せるかのようななめらかな手つきに桂子は目をうばわれた。なんと無駄のない、きれいな手のはこびだろう。

テーブルのみならず、室内にあるものはすべて、寺富野が選び、手に入れて、しかるべき場所に納めたものばかりだとひと目でわかる。ここには女の趣味はひとつも見当たらない、と桂子はおもった。いちばん遠くに見える北の壁にはオーディオの機器類が納められた棚があり、両サイドには大きなスピーカーが据えられている。その手前の八畳ぐらいの空間を眺めるようにして、ふたりがけのソファがある。そのまた手前に四人が向かいあっている大テーブルの置かれたリビングダイニングがあり、川岸の見える横長の窓のならぶ西側の壁にそってキッチンカウンターがある。

四人は夫人のつくってきた、みっしりとしたアップルパイを食べ、紅茶を何杯ものみながら、さまざまな話をした。桂子が東京の大学で社会学を専攻し、学生時代にここでフィールドワークをしたこと、中学生のころ枝留に住んでいたこと、夫妻はカリフォルニア留学中に知り合い、帰国して結婚し、しばらく横浜で暮らしていたが、夫の縁者のいた枝留に住むことに決め、おそらく投資とその運用だけで生活を成り立たせているらしいこと、北海道犬を飼っていたが、去年の冬に事故で死んだこと、寺富野は真空管アンプの愛好家のあいだでは知られた存在で、夫妻と面識ができたのもそれが縁だったこと、真空管アンプは友人知人に頼まれれば気が向いたときにつくりはするものの、あくまでそれは趣味のようなもので本業にするつもりはない――そういった話が形式ばらない自己紹介のように語られていった。しかし真空管アンプの製造を仕事にしていないのであれば、寺富野はどうやって暮らしを成り立たせているのか。夫妻もそのことについては触れなかった。スピーカーからは低いボリュームでチェロソナタがずっと流れていた。

気がつけば日が暮れて、キッチンの窓にうつっていた川辺の木々がだんだんと闇《やみ》にぬりつぶされ、こんどは白熱灯に照らされた四人の顔がガラスに浮かんでいた。

夫妻がたがいに目配せしたのがわかった。「そろそろわれわれは失礼します」と夫が言った。桂子は「わたしも」と小さな声で言って腰を浮かせかけたが、「せっかくだから音だけ聴いていってください」と桂子だけ引き留めるように寺富野が言った。

「ああ、それは聴いていらしたほうがいいですよ」と立ちあがった夫が笑顔で言った。「われわれはもう何度も聴かせてもらってますから」夫人は、どうなさる？　と確かめるように桂子の顔を見た。

躊躇《ちゅうちょ》よりも好奇心がややうわまわり、寺富野の熱心な声に両肩をおさえられ、桂子は円い薄手の革のクッションがのった古い木の椅子《いす》にふたたび腰をおろした。このクッションも寺富野がつくったものではないかと桂子は思う。壁際《かべぎわ》に黒い足踏み式のミシンが置かれてある。

夫妻を玄関先まで見送り、リビングダイニングにもどってきた寺富野は、「気温がどんどんさがってきた。今夜は冷えますよ」と言った。それからキッチンの炊飯器のスイッチをいれた。

ふたりになっても態度の変わらない寺富野は、洗った野菜をまな板のうえで手際よく切り、鍋《なべ》にお湯を沸かしたりしながら、夕食の準備をはじめた。思いがけないことだったが、安地内に来てからひとの手料理を一度も食べたことのなかった桂子は、寺富野の手もとを覗《のぞ》きこみたいぐらいの気持ちになっていた。「お手伝いしましょうか」と声をかけたが、「いや、きょうはお客さんですから」と寺富野は言った。「きょうは」という言葉が桂子の耳に残った。「音楽でも聴いていてください」

桂子はオーディオシステムに向かって置かれたソファに深く腰を沈めて、かなり大きなボリュームの音楽を聴いた。寺富野は料理の下ごしらえをしながらレコードを裏返しにやってきたりしたが、となりに座ろうとはしなかった。シベリウスの交響曲を聴き、ハイドンの室内楽を聴き、ジャズクラブで演奏されたピアノトリオのライヴを聴きながら、桂子は自分が東京からはるか遠く離れてここにいるのを不思議に思った。

途中でうながされてリビングのテーブルにもどると、音楽のボリュームを少し落として、寺富野がつくったビーフシチューを食べた。やわらかく煮込まれた牛のすね肉は口のなかでほろほろと崩れ、さっき蒸して加えたらしいじゃがいも、人参《にんじん》、かぶ、ブロッコリーは甘みだけ引きだされて、ほどよい嚙《か》みごたえを残していた。炊《た》きたてのごはんもおいしかった。

食後のコーヒーを片手に寺富野とソファに移動した。

「音」がはじまったのは、ここからだった。

今度は音楽ではなかった。スピーカーから立体的に聞こえてきたのは、この世界のなかにある音ばかりだった。収集した音のレコードやCD、自分で野外録音したものも入っているらしく、それらのなかから寺富野が編集をしたものであるらしい。

音の種類は雑多だった。その順番になにかのつながりや意味づけがあるようには思えないけれど、順番を決めて流れを編集したのは寺富野で、その組み合わせが音から受ける印象に影響を与えているのはわかる。なにより驚いたのは、寺富野が集めた音を聴いていると、ほんとうに目の前にそれがあるように聞こえることだった。再生されたクラシックもジャズも、音の臨場感はすばらしかったけれど、このオーディオは音楽の再生のためにではなく、音を再現するために組み立てられているのだろう。スピーカーから出てくる音に桂子は圧倒され息をのんだ。

となりにすわった寺富野は、あらかじめ手短にそれがなんの音であるか、どこで録音されたのかを教えてくれた。あるいはすっかり音が終わってから、いまの音がなんであったかをタネあかしのように話してくれることもあった。

カリフォルニア州モントレー湾に棲息《せいそく》するラッコの群れが潮騒《しおさい》のなかで貝を割る音、イタリア・トスカーナ地方の小さな町、モンテフォロニコの小高い丘の上にある教会の鐘の音、地響きをあげながら噴火するアイスランドの火山の音、ナイアガラの瀑声《ばくせい》、オーストラリアから南極に向かう船が暴風雨と高波に翻弄《ほんろう》されローリングする音、ヤンキースタジアムの7回裏、「わたしを野球に連れてって」の大合唱、そのざわめきがおさまった直後、外野席最上段に飛びこむ先頭打者の初球ホームランに観客が総立ちで歓声をあげる音、イギリス、ロンドン郊外のミッドハンツ鉄道の蒸気機関車、右奥のプラットホームで若々しい声の駅員とベテランらしき渋く太い声をした機関士のやりとりと笑い声が聞こえ、ホイッスルが鳴り、汽笛が鳴り、蒸気と車輪の音が聞こえ、大きな鉄のかたまりが動きはじめる。蒸気機関車は右からこちらに向かって近づいてくると、目の前の空間の真ん中あたりを横切り、左の奥へと走りさってゆく。リオのカーニバルのホイッスルとドラムと名前のよくわからない打楽器、何人もの女性がユニゾンで歌う声、ひとのざわめきと興奮したような叫び声。アラスカの氷河が何百トンというかたまりのまま轟音《ごうおん》とともに崩れ落ち、大きな水しぶきをあげ、割れた氷が海の上に飛び散る音。都庁前からスタートする東京マラソンのアナウンスと人々のざわめき、参加者の呼吸音と千人単位の人のかたまりが目の前を走りぬける足音。琴光喜《ことみつき》が朝青龍《あさしょうりゅう》への連敗をとめた取り組みで、朝青龍が土俵に崩れるや場内が沸き返り、座布団《ざぶとん》が乱れ飛ぶ鈍い音がそこに重なってゆく。

目をつぶって聴いていると、それぞれのリアルな光景が、匂いや湿度、気温や風や震動までともなって、目の前に立ち上がってくる。それが、たったいま動いている。

ふだん聞いている現実の音は、どうしてこの音ほど真に迫ってこないのだろう。機械が電気をつかって音を信号化し、スピーカーを通して空気を振動させたものにすぎないオーディオの再生音を、桂子は実体ととりちがえるほどリアルなものであると感じた。そしてこうも思った。なにかの要素が慎重に排除され、あるいはなにかが増幅されることによって、このような音になるのかもしれない。さらにその音が寺富野の組み立てたオーディオで再現されると、日常の感覚を超えるほどのものとして耳に聞こえてくるのだろう。そもそも寺富野はなぜこんな音のコレクションをし、編集までして、人に聞かせようとするのだろうか。

桂子が持参したCDは映画「サウンド・オブ・ミュージック」のサウンドトラックだった。中学生のころに初めてテレビでこの映画を見たとき、なぜトラップ一家だけが特権的にザルツブルクを脱出するのか、それをハッピーエンドとして描くのは不公平ではないか、と桂子は思った。ところが会社で働くようになって十年ほど過ぎたころ、たまたまひとりで寄った名画座でリバイバル上映を見ていたら、途中で涙がでて、とまらなくなり、自分でもどうかしたのではと思うほど胸に迫った。「ド・レ・ミの歌」も「マイ・フェイバリット・シングス」も「エーデルワイス」もからだの奥深くにしみこんで、こころの暗がりにまでとどくように感じたのだ。ずっと光のとどかなかった暗がりに。同じ映画で、どうしてこうも見た印象がちがったのだろう。桂子はいぶかしく思いながらも、その理由を考えようとはしなかった。もちろん映画が変わったのではなく、桂子が変わったのだ。

寺富野にCDを持参するようにと言われて、「サウンド・オブ・ミュージック」を選んできたことに深い意味はなかった。ところがジュリー・アンドリュースが歌うテーマ曲を聴いていると、この世界にある「音」の採集をする寺富野のための歌のようにも聞こえてくる。「ふたたびわたしは歌うでしょう」とジュリー・アンドリュースがどこかおごそかに、つつましやかに歌う最後の一節が、桂子のなかに響き、残った。

もう夜更《よふ》けといっていい時間だった。明日からまた仕事が始まる。もう帰らなければ。前奏曲とテーマ曲が終わったところで、「長々とおじゃましてしまって」と言いながら桂子は席を立った。

「このステレオは、いつまでも聴きつづけたい気持ちになりますね」

「よかったら来週の日曜日も、ぜひいらしてください。まだ聴いてほしい音がありますから」と寺富野は言った。「フランシスの説明をする時間もなかったし」

家の外に出て、桂子は夜空を見上げた。漆黒の空にあけられた無数の穴から、向こう側の世界の光がまっすぐに降りてくる。ドームのような夜空だった。日中の青空には天井を感じないのに、いまは空の向こう側にもうひとつ空が広がっているような気がする。

帰り道、桂子は運転しながら寺富野和彦の家のなかを思いだしていた。気になったまま訊《き》くことができず、近づいてたしかめることのできなかったのは、北の壁のスピーカーの左にあるドアのことだった。スピーカーに使われているのと同じような密度の高い材質の、重量感のある木製のドア。ノブはハンドル式で真鍮《しんちゅう》のようだが、毎日握られ触れられているせいか、鈍い光をはなっている。ドアの向こうには部屋があるだろう。寺富野がほんとうの自分にもどるのはあのドアの向こう側なのではないか。だから他人である桂子も、枝留の夫妻も、ドアの向こうに行くことは許されないのだと、桂子は誰かに囁《ささや》かれたようにそう感じた。

重いドアの向こう側には八畳ほどのベッドルームがあり、さらにその向こうには、ひとり暮らしにはずいぶん広いバスルームがある。ベッドはたぶんキングサイズというものだろう。バスルームも驚くほど広く、あたたかい。そのことを桂子は、一週間後に知ることになる。

寺富野和彦の家で音を聴いてからつぎの日曜日まで、とりたてて変わりない毎日がすぎていった。和彦の家には二回配達をした。どちらも普通郵便だったのでポストに入れれば終わりだったが、二回目の配達をした木曜日の午後、クルマにもどろうとした背中に声がかかった。ふり向くと玄関の前に和彦が立っていた。笑顔だが、少しだけ緊張しているように見える。

「日曜日、いらっしゃいますよね？　午後なら何時でもいいので。いらしてください、手ぶらで」

桂子は何も言わず、わずかに頷《うなず》いた。こんなふうに簡単に頷いてよかったのかと思いながら。

土曜日の午後、桂子はオックステールを冷蔵庫から出し、寸胴鍋をシンクの下からひっぱりだして、なんの予定もない、のびのびと空いている時間を使って、コムタンをつくった。安地内村にきて、浅木屋ではときどき生のオックステールが手に入るとわかってから、いったい何度これをつくっただろう。

下茹《したゆ》でしたオックステールをたっぷりの水でねぎの青いところといっしょに煮る。煮たったらアクをとり、弱火で約四時間、気長に待つ。コツはひとつだけ、鍋にふたをすること。そうしないとスープが白濁しないことを桂子は在日韓国人の友だちに習った。

最初はごく淡く、途中からは色濃く漂ってくる、紛うことなき牛肉の香り。北海道に生まれ、どこまでも広い牧場でもくもくと草を食べ育った牛の、ひたすら動きつづけてきた尻尾《しっぽ》。輪切りになったオックステールを東京の精肉店ではじめて見たとき、まるい尾のみっしりとした肉の厚みに驚いた。浅木屋でトレイにおさまったオックステールを選ぶたびに、ほかの部位とはちがい、牛の個性がそこに見えてくるような気さえした。根もとから先へゆくにしたがって細くなるのはもちろんだけれど、それでも、太さやしなやかさのちがいは牛それぞれだろうと桂子はおもった。

月あかりのほとんどない夜にクルマで牧場まで行き、ヘッドライトを消して、三百六十度にぐるりとひろがる星空を見たのは、安地内村に来てまもないころだった。星がいちばんきれいに見える場所を郵便局長にたずねると、安地内村から湧別川の源流に向かう、西の峠をこえた高原にあるこの牧場を教えてくれた。夜になれば周囲にまったく明かりがなくなるからね、あれは見ものです、と局長が保証したとおり、牧場を覆《おお》う星は、見たことのないほどの数でひしめいていた。世界全体を圧するような無数の光の点から、何かがこちらに向かってくる。耳を聾《ろう》するおおきな音が天から舞い降りてくる光景を、黙ってひとりで見ているような錯覚に桂子はとらわれた。

東京の会社で働いていたときも、男とふたりで暮らしていたときも、これらの星はいまとおなじように空にあり、こうして音を降らせていたのだ。暗闇のなか、姿の見えない牛たちは、空から降ってくる聞こえない音を毎晩全身に浴びている。たらりと垂れた尻尾をゆったり左右にふりながら。

コムタンは、一度つくってしまえば数日もつし、何度食べても飽きなかった。

平日は手早くできる料理ばかりだが、それでも毎日自分でつくる。なにしろいちばん近いコンビニまで、クルマで四十分ぐらい離れている。枝留まで行かなければ見当たらないのだ。安くてそこそこおいしいお弁当やさまざまなインスタント食品がいつもそばにあるというのは、なんと安心なことだったろう。浅木屋にもおにぎりと惣菜《そうざい》くらいはあったが、買いたくなるほどのものではなかった。人は不便なほうがかえって行動的になる。土日はなるべく時間のかかる料理をえらんで、せわしない平日の食事とは違うものにしようと決めると、ひとりでつくりひとりで食べる料理も、だんだんたのしくなっていった。

鍋を火にかけて、子どもたちが歌うブロードウェイ・ミュージカルのCDを聴きながら——桂子は子どもの声がことに好きだった——キッチンのテーブルで母に近況を伝える手紙を書いた。秋が深まって朝夕は息が白くなること、でも風邪もひかず元気でいること、いまコムタンをつくっていること、父の体調についてもさりげなくたずねておいた。書き終えて手紙に封をしたあとは、風呂《ふろ》の準備をした。料理はあたたかいほうがおいしい。それはどうしてなのかなと答えを求めないまま考えてみたり、朝刊をソファで読みなおしたりしているうちに居眠りをした。バスタブがいっぱいになったという電子音が鳴って目が覚めた。鍋の様子を見て、いったん火をとめて、ゆっくりと時間をかけて風呂に入った。

桂子は休日の午後の明るい風呂場が好きだった。シャワーをからだにかけていると、光を受けた蒸気の細かい粒子が、勢いよく目の前を流れてゆく。

日曜日に寺富野和彦の家に行く。今度はなにを食べ、なにを飲み、なにを聴くのだろう。フランシスの話も聞かせてくれるだろうか。桂子は風呂のなかの自分の腕や脚や胸に軽く手をあてて、すべらせてみた。

バスタブから出て、わきのしたの毛を剃《そ》った。もともとやわらかな毛がふわふわとまばらにしか生えないのをいいことに、夏の終わりから剃るのをやめてしまっていた。こういうことは一度やめてしまうとめんどうになる。

泡だてた石鹼を塗り、剃刀《かみそり》をあてる。剃ったあとを指で触れてたしかめる。わき毛がなくなったあとの肌はすべすべして、あたらしい肌のような感触だ。こんどは腕をすいすいとためらいなく剃る。膝《ひざ》から下も剃った。

風呂からあがり、丁寧にローションを塗って、もうでかける時間でもないし、訪ねてくる人もいないと思い、パジャマに着替えた。一合だけ炊きあがったごはんで、コムタンを食べた。スープができあがったところで薄切りの大根、人参、しいたけ、ねぎを入れ、塩で味をととのえて、食べるまえに胡椒《こしょう》をひく。時間さえかければ、オックステールはどうやってもおいしくなる。ほろほろと肉がくずれて、他の部位にはない滋養を感じる。桂子は満足し、ラジオのニュースを聞きながら食器を洗い、いつもの二倍の時間をかけて歯を磨いてから、ジャンゴ・ラインハルトのギターが音楽に使われていると知り枝留まで行って借りてきたＤＶＤを見た。

第二次大戦下のフランスの田舎町が舞台の映画には、十代の農家の男の子が出てくる。きかん気で無口な、でも邪心のない笑顔の、たぶん女性には十分な関心を持っている男の子。レジスタンスに入ろうとして断られ、やがて秘密国家警察《ゲシュタポ》のために働くことになる。「サウンド・オブ・ミュージック」の長女のボーイフレンドが、いつのまにかナチスの配下になっていたように。そして少年はユダヤ人の洋服屋の娘と恋におちる。桂子はこのユダヤ人の娘の、どこか心ここにあらずといった表情が忘れられなかった。映画を見たあと、自分の顔を洗面所の鏡にうつしてみた。どこをどう見ても、そしてどんなに表情を変えてみても、あの娘のような表情にはならなかった。

自分がもし、いつ理不尽に殺されるかわからない状況に生きていたとしたら、こういう少年とベッドをともにして、ぎこちなく荒っぽい、ひとりよがりなセックスの相手をすることがあっただろうか、と想像してみる。乱暴なのはどうしてもごめんだった。たばこの吸い殻を道に捨てるような腕のひとふりで、ニワトリの首を苦もなく落とす少年の、思いきりのいい慣れた腕の力が繊細さと大胆さのあいだを自在に行き来できるほどコントロールされるようになったなら――とそこまで考えて、どうしてこんなことを考えているのかと思い、考えるのをやめた。

映画が終わると、吸いこまれるように眠くなってきた。パジャマに着替えたし、歯も磨いたし、もういつでも眠っていいのだと桂子はおもう。ひとりで暮らしているのは気楽でありがたい。預金の残額と、携帯電話やネットの通信費よりはるかに安い公営住宅の家賃と、東京の賃貸生活ではとてもやっていけないであろう郵便局の非正規社員の給与との収支は、ときどき思いだすようにたしかめる。北海道に移住することを決めたとき、少なくとも五年は持つだろうと桂子は計算をした。安地内村で暮らすようになり、半年経《た》ったところであらためて計算し直すと、七年は持つ、という見通しになり、猶予《ゆうよ》期間が延びた。四十二歳になるまで、自分はほんとうに安地内で暮らすのだろうか。桂子はまた考えるのをやめた。

十時になる前にベッドにはいり目をつぶった。牛の尾がゆっくり左右にゆられるのを見つめていたように、沈みこむような眠気が自分を包んでくるのを感じた。重だるい牛の尾はみるみるうちに暗闇にとけてゆく。

――見たことのない自分の部屋にドアがあり、そのドアを向こうから強く叩《たた》かれる。誰かがはいってこようとしていた。声をあげたくても声がでない。北海道のこんな山奥に、誰が助けにきてくれるのか。きてくれるはずもないと思いながら、それでも桂子は力をふりしぼって声をあげようとした。声がでない。喉の奥で詰まって、音のないかすれた息がもれるだけだ。何度も声をはりあげようとするうち、自分のかすれた叫び声で目が覚めた。

心臓の鼓動が異様にはやい。ベッドのうえにからだを起こし、暗闇のなかで呼吸をととのえながら、夢が現実の浸透圧で小さくしぼんでゆくのを感じた。それでも夢の体感は残っている。喉が渇いていることに気づき、水をのもうとキッチンに行った。窓の外は真っ暗で何も見えない。安地内村の夜はどこまでも暗い。コップに水をくみ、ふた口、三口とあいだをおいてのんだ。意識がさらにクリアになる。コップをテーブルに置き、ベッドにもどった。横になると桂子はパジャマの胸元から手を入れて自分のわきのしたに触れてみた。指先に触れるものはない。肌はなめらかだ。落ち着いた桂子は、ふたたび眠りにおちた。

こわい夢はもう見なかった。

日曜日の午後三時。ドアが内側から開けられたとき、寺富野和彦はなにも言わず、ただ笑顔で桂子を見た。桂子は笑顔をつくろうとしたが、自分の表情がぎこちなくなっているのがわかった。

「どうぞ」とだけ和彦は言い、当たり前のように、桂子に背中を向けるとリビングにもどろうとした。和彦のどこか素っ気ない背中を見ていたら靴を脱いでいいのかどうか迷う気持ちが芽生え、桂子はそのまま曖昧《あいまい》に立っていた。あがってこない桂子に気がついた和彦は玄関にもどってくると、おだやかな表情と声で言った。

「どうぞ。あがってください」

桂子は片足ずつゆっくり靴を脱いだ。向きなおって靴を揃《そろ》えるとき、遠い震源から届いたようなかすかな震えが自分の背骨に兆《きざ》すのがわかった。

「こちらにどうぞ」と言いながら、和彦はリビングを通り抜け、オーディオの並んだ壁の左端にある重そうなドアに向かう。その動きにためらいがないことに桂子は救いを感じた。リビングの古いテーブルの上にはティーポットもカップもお菓子ものった大皿も載っていなかった。底光りする天板が、つるんとした暗い表面を見せている。長らく誰もいなかったかのように無表情な部屋。ガスコンロには火の気も調理のあとも感じられない。

和彦は向こう側にドアを押し開けて、なかに入っていった。和彦の体積分だけ押しだされたのか、サンダルウッドのようなかすかな匂《にお》いが桂子の鼻にふれる。開いたドアの向こうは薄暗く、なかがどうなっているのかは、わからない。「こっちへどうぞ」と姿を見せない和彦の、こもったような声だけが、開いたドアの暗がりから聞こえてきた。桂子は黙ったままドアに近づいた。

数日前からあれこれ思い描いていたのとはちがう。なにかが省略されている。流れもはやい。あるいは——と桂子は忘れていたことを思いだした——「フランシス」の説明にはこの部屋に入ることが必要なのか。もしこれから起こることが桂子の想像の圏内にあるとすれば、そこには意外な展開はなにもないはずだった。はじまるときは、かならずぎくしゃくとしたさぐりあいがある——桂子にも、男の緊張や躊躇に気づかないようにするぐらいのことは自然にできた。経験値が低いとはとてもおもえない和彦の、これがいつものやりかただとしたら、桂子には男への配慮も不要になる。不動産の物件に案内されている程度の遠慮を見せながら、桂子はドアの向こうへ足を踏みいれた。

薄暗い部屋に入ると、こちらには穏やかなあたたかみが用意されていることに気づく。川の側にある窓にはすべて白いブラインドが降りている。細長く白いブラインドの均等な隙間《すきま》からほのかに光が漏れてくる。気がついたときには桂子のうしろにまわりこんでいた和彦が、急ぐわけでもなく、慎重な手つきで、重そうなドアを押し込めるようにして閉めた。その瞬間、逃げだそうとする空気がドアのあいだでシュッと音をたてた。

ずいぶん思いきったはじまりかただと桂子は思った。和彦の右手にナイフが握られているわけではない。うしろから羽交い締めにされる気配もむろんない。だとしても、桂子が怯《おび》えるかもしれないと思わないはずはないから、和彦にはなんらかの理由、考えがあるのか。それともこれがいつもの和彦の流儀なのか。夕ごはんをいっしょに食べ、お酒をのみ、なごやかに話をして、ソファで音楽や音を聴き、とおたがいに感触をたしかめながらすすんでゆく手順を、桂子自身がかならずしも望んでいたわけではない。ただ、こうして二段階も三段階も省略されているのを感じると、いくばくかの不安がわいてくる。

ドアが閉められたことにはまるで意識が向かっていないかのように、桂子は和彦に背中を向けたまま室内をぼんやりと見渡した。道路側の窓には黒檀《こくたん》のような木のブラインドが降りていて、光はほとんど入ってこない。桂子の視界には白いカバーのかかった大きなベッドと、壁際におかれた白いパネルヒーターだけがある。ヒーターのスイッチの上に小さな赤いランプが点《つ》いているのは、この部屋からの警告かもしれなかった。声にも言葉にもならない警告。あたりにはなんの音もしない。ドアに静けさの理由があるのかもしれないと思う。いまなら間に合う。出ていこうとしたら、和彦はとめるだろうか。桂子はドアに背を向けたまま、視界のなかに意識を浮遊させているだけだった。バスルームの水蒸気のように。

目が慣れてくると、ベッドの向こうの壁際に、腰ぐらいの高さの作りつけのチェストが置かれてあるのがわかった。黒くみえる横長のチェストの上には、大きなアーモンドのようなかたちのものが並んでいる。光が届かないのだからそれが何かは容易にわからないはずだったが、桂子にはわかった。黒曜石の石斧だ。それもかなり大きな。チェストの左に、また同じドアがあった。まだ見たことのない部屋が少なくとももうひとつ隣にある。

「どうしてきたの?」

笑いのまじらない声で和彦が言った。いままでとはちがう目が桂子に向けられている。桂子のからだにではなく、目に。和彦の奥からあふれだし、こぼれたものが、そのまま顔をのぞかせている。誰にも触れられないひんやりとした目の光。飾ることをやめ、包装もせず箱にも入れぬまま差しだし、受け取らせて反応を見ようとしている。

挑みかかるようでいて、怯えているようでもある。精密で壊れやすい測定器のような目。

「どうしてって。あなたに誘われたから」

桂子は自分の口調に感情や疑問の色合いをつけず、淡々と答えた。目はそらさなかった。

和彦は桂子に近づき、左手をふわりと握った。あたたかな乾いた手のひら。左手がゆっくりとひっぱりあげられ、和彦の喉に押しつけられた。

「ひえて、きた?」

和彦は自分ではコントロールしきれない昂《たか》まりにつまずくように言った。外の空気が冷えてきたと言っているのか、ここまでやってくるあいだに桂子のからだが冷えてしまったと言っているのか、どっちだろう——そう考えながら桂子はすでに、これから和彦がどうやって自分を抱きしめようとしているのか待っている、とおもい、ほんの一瞬、笑いだしたい気持ちになる。はりつめていたからだから力が抜けてゆく。

桂子の冷たい手は和彦のあたたかい首が脈打っているのをはっきりと感じていた。慣れているようでも脈ははやくなるんだ、とおもう。和彦はあいている左腕で、桂子の背中をくるむように引き寄せた。和彦の腕の長さを背中に感じながら、桂子は和彦の首の下に自分の右頬を押しつけた。暗がりから飛んでくるかもしれないものから逃れて伏せるように。いつかと同じ石鹸《せっけん》の匂いがする。

和彦は桂子の左手を離し、自由になった右腕も桂子のからだに巻きつけた。和彦は桂子を両腕で抱きしめた。最初はやわらかく、しだいに驚くほどきつく。自分も腕をまわしたほうがいいのかと躊躇していた桂子は、身動きできなくなったのをいいことに和彦にからだをあずけるままにした。どうしてこんなに強く、この人は抱きしめるのだろう。

腕の力がゆるむと、和彦の手は桂子の髪にうつり、ゆっくりと撫《な》ではじめた。桂子はその手のうごきと感触に意識を集めた。このあいだ見た和彦の指を思いだす。ささくれひとつない、きれいな指だった。髪がその指に撫でられている。手がおりてゆくのにあわせて頭皮がわずかにひっぱられる。桂子ははじめて目をつぶった。

桂子のお腹のあたりに、和彦のからだの一部があたっている。それまでは意識しないでいたところにいつのまにかふくらみがあらわれ、かたまってゆく気配に気づく。和彦の指は髪を撫でおろすばかりでなく、桂子の髪に指を差しいれまさぐるような動きになった。お腹にあたっているものがいっそうくっきりとしたかたちになるのがわかった。桂子はそれに気づいたそぶりを見せずそのままの姿勢でいた。

和彦は両腕をいったん解くと、桂子の顎《あご》のしたに右手をそえて、伏せた顔を起こそうとする。桂子は抵抗することなくその力の働きにまかせて顔をあげた。和彦の右手の親指と残りの四本の指が桂子の顎を持ちなおし、左手が桂子の頭を抱えこんだと思ったとき、桂子の唇に和彦の唇がかぶせられた。そしてふたたび両腕が桂子の背中にまわされて、強い力で抱きしめられる。

和彦の唇は、抱きしめる腕の力に反して、女性の唇のように柔らかだった。桂子は唇から力を抜いて、和彦の唇のわずかな動きを感じようとした。乾いた皮膚と濡《ぬ》れた口の微細な感覚が、唇のまわりの狭い地理のなかでせめぎあう。すぐに舌がはいってくるのでもない。唇のふちと顎の境目のちいさなカーブをさぐるような動きだけ。和彦の腕の力がゆるんだ。おたがいの感覚は唇だけに集まっている。お腹のあたりのくっきりとしたかたちは、中学生のときに枝留で飼っていた北海道犬がおしつけてくる湿った鼻を思いださせた。学校から帰ってきた桂子を全身で歓迎するタローは、尻尾をはげしくふり、ぐいぐい鼻面を押しつけてきた。文字どおり押しつけがましい鼻面の感触は、可笑《おか》しくかわいらしいけれど、ちょっと待ちなさいと言いたくなった。それに似ていた。

ふたりでベッドのふちをさぐるように腰をおろし、スローモーションのようにして上半身だけ横たえると、中途半端《はんぱ》な姿勢のままキスを続けた。いったんこうなってしまえば、ただキスに集中していればいい。言葉も表情も身ぶりもいらない。懐《なつか》しさとはじめての感触がないまぜになり桂子をいっぱいにする。

安地内村で暮らすようになってからずっと、ひとりでいる気楽さを感じていた。誰にも手さえ握られず、頭を撫でてもらうこともなく、抱きしめられることもなかった。どこかで、そういうことはもういい、面倒だし、乱されるだけだと思っていたはずだった。

桂子は遠く高いところから自分をあきれたように眺めおろしていた。筋肉も骨も、髪も皮膚も、いったん自分が主人であることを保留にし、和彦にむかって投げだされている。桂子は、こうして強く抱きとめられているだけでいい、これだけでじゅうぶんだ、とも思いはじめていた。セックスよりも手前にある、漂うようなここに、こうして浮かんでいるだけでいい。

漂うボートに泳ぎついた和彦の手が、セーターの裾《すそ》から這《は》いあがってくる。あたたかく柔らかい、それぞれ太さや動きのちがう五本の指が、桂子の背中や肩、腕や脇腹《わきばら》を撫でさすってゆく。桂子の口から、空気が漏れるような、声ではない声がこぼれる。和彦の人差し指と中指が背中のホックをさぐりあてると手品のような片手のひとひねりではずれ、おおわれていた胸のあたりがしどけなくなる。いつのまにか桂子の手は和彦の左手でひとつに束ねられ、頭の上のほうへひっぱりあげられている。和彦の右手がどのように皮膚のうえを動きまわろうと押しとどめることのできない状態で、手のひらが胸をこすりあげ、指先が不意に乳首をつまんだり押したりはじいたりする。何にたいしてこらえるのかわからないまま桂子はただ息をこらえていた。和彦の手は息が変化する瞬間をさぐりあて、繰りかえしそれを再現させようとする。

カチ、と白いパネルヒーターのサーモスタットが切れる音がした。赤いランプもいま消えた、と目をつぶったままの桂子はおもう。桂子の耳たぶを和彦の唇がやわらかくつつむ。耳たぶをはさむようにしていたかとおもうと、唇から差しだされた舌が耳のうしろから首にかけて、なにかの結晶をはがしとり味をたしかめるように動く。和彦の息が耳にかかる。息を吐くつもりが声のようになってしまう。

和彦はなにも囁かなかった。息も聞こえない。聞こえるのは自分の声と、和彦のとがった舌が耳たぶの輪郭をなぞり耳のうちがわへおりてくるひっそりと湿った音だけだ。耳をやわらかく嚙むときに、和彦のわずかな息が耳の奥に入りこみ、桂子のからだは熱いフライパンの縁に触れたように反射する。半身にいっせいに鳥肌がたつ。

「脱いで」

和彦が静かに言った。桂子はなにも言わずベッドでからだを起こし、セーターを頭から脱ぎ、ソックスを脱ぎ、ジーンズを脱いだ。そしてベッドの隣にある椅子《いす》の上に、脱いだままのかたちで置いた。和彦は白いベッドカバーをするすると外して、ベッドの向こうにある一人がけのソファに置き、自分もセーターとジーンズを脱ぎ、ソックスを脱ぎ、Tシャツを脱いだ。ブラックウォッチのトランクスだけになった。上むきになった犬の鼻面が、そこにあるのがはっきりとわかる。

きなりの綿毛布のなかにからだをすべりこませた和彦は、のばした右腕を屋根のようにして桂子の分のすきまをつくる。桂子はキャミソールのまますするりとそこにはいってゆく。おそろしく肌触りのいい綿の毛布。なめらかな麻のシーツ。和彦はすぐに左腕を桂子の首のしたに差しいれて、右腕で桂子のからだを抱き寄せるようにした。石鹸の匂いとおおきなからだの和彦の肌はよく手入れされた馬の首筋を連想させた。和彦のからだの匂いが体温とともに鼻にとどく。そしてまた長いキスがはじまる。

「きれいなからだをしてる」

和彦の口から桂子の耳にことばがはいってくる。頭のなかでそのことばがふくらむ。耳の奥は肌よりももっと敏感だ。きれいなからだをしている、などと言われたことはなかった。桂子がなにも言わないので、和彦が念をおすようにまた言った。

「配達をしているのを見たときから、こういうからだをしてるだろうって、わかってた」

「見てたの」

「見てたよ」

「いつ」

「ここにいるときはいつも」

「嘘《うそ》。庭のデッキチェアに座っていても、こっちを全然見てなかった」

和彦はふくみ笑いをする。その息が桂子の鎖骨を撫でた。

「正面からなんて見ないから」天井に映っている光景を見て説明するように和彦はつづけた。「……クルマが停まる。ドアが開いてドアが閉まる。あなたの足音がする。ポストに郵便を入れる音がする。そのときに、クルマにもどるあなたの後ろ姿を、まんべんなく見てた」

「まんべんなく」桂子はすこしおどけてくりかえし、和彦に訊く。「どうして」

「よく見てたしかめようと思ったんだ。腰のあたりや背中のくぼみや歩きかたを」

「制服を着ていたら背中のくぼみなんて」

「もちろんわかる。ここがこうなっている、というのは、たとえあなたが潜水服を着ていても、着ぐるみを着ていても、わかる」

和彦はキャミソールの下に手を差しいれて、桂子の背中のくぼみから腰まわりまでをなぞるように触れていった。またいっせいに鳥肌が立った。

「こんなになってるというのは、あなたのからだがぼくの感じていたとおりだということだ」

桂子は自分がありきたりのポルノグラフィの登場人物になったような気がした。ポルノグラフィにはなぜ紋切り型の言葉や表現ばかりがならぶのだろう。これ以上なにも聞きたくない、という気持ちと、なにをどう言うつもりか、いっそのこともっと聞いてみたい、という気持ちとが、桂子のなかでせめぎあっていた。

桂子の考えていることが聞こえたかのように和彦は口を閉ざし、指と手のひらを使ってからだのあちこちを触りはじめた。唇のなかから舌が出てくると桂子の口のなかに入りこむ。桂子の舌はおびきだされるように和彦の口のなかに入り、たちまち和彦の舌とのやりとりをはじめる。

自分たちの息づかいだけが聞こえているなかで、どこかで聞いたことがある、ボン、という電子音がした。和彦の動きがとまった。

あらためて記憶を探るまでもなく、飛行機でときおり聞く音だと思いあたる。シートベルト着用を知らせる音だ。動きをとめた和彦はとたんに別の人間になったようだった。

「ごめん。フランシスだ」

桂子の唇にこれまでとはちがう挨拶《あいさつ》のキスをする。

「ちょっとこのまま待っていてくれる？　五分ぐらいで終わるから」

「どうしたの？」

「大丈夫。すぐにすむから」

和彦は脱いだ服を着はじめる。

「でかけるの？」

「となりの小屋。五分か十分でもどってくる。寒いからあなたはここにいてくれればいい」

消防隊員のようにまたたくまに着替えを終えると、和彦はドアを開けて閉め（またシュッと空気が解き放たれたような音）、出ていった。ひとりになった桂子は薄暗いなかでしばらく天井を見あげていた。無音のひろがり。節の多い天井板がたくさんの目のように見えてくる。見るのをやめ、からだを起こした。和彦はしばらく帰ってこないかもしれない。さっき脱いだばかりのものをひとつひとつ身につけてゆく。からだと衣服がこすれ、いろいろな音がする。ベッドをおり、川に面したブラインドの羽根の角度を変える。川面《かわも》は見えないが、岸辺にドロヤナギが並んでいるからそこに川があるとわかる。川の音は聞こえない。

ドアを開け、ベッドルームから出た。川の流れる音が、かすかに聞こえてくる。ここは空気が動いている。

椅子に座っていても所在ない。喉《のど》がかわいたのでお茶を淹《い》れようと思う。白い琺瑯《ほうろう》のケトルに水を入れ、コンロにのせる。点火するボフッという音。

玄関側の壁に小さな窓がある。ブラインドに指を入れ、すきまを開ける。少し川岸におりたところにある小屋のなかに人影が見える。それはもちろん和彦で、しかし何をしているかはわからない。ほんの少し前まで自分と接していた和彦のからだが、服を着て外の空気にさらされているのが奇妙だった。桂子は窓から離れた。キッチンの棚から紅茶の缶を背伸びしてとり、その意外な軽さに中身を振って確かめる。ティースプーンで円い蓋《ふた》をあけると、閉じ込められていた空気がポンと出る。質のいい茶葉の香り。

「ああ」

思っていたよりもはやくドアを開けて入ってきた和彦は、桂子がダイニングにいるのを見て拍子抜けしたともとれる声をだした。桂子は明るい声をだした。

「喉がかわいたの」

「紅茶?」気持ちを切り替えたように和彦が言う。「飲みたいなぼくも」

桂子はカップボードから見おぼえのある白いカップをふたつ手にとると、和彦に声をかけてから冷蔵庫を開け、牛乳のパックを取りだす。きれいに整頓《せいとん》され、賞味期限切れのまま放置された食材などには出会ったこともない、という顔をした冷蔵室はつるつると白く輝いている。

「だいじょうぶ?」

「うん、すぐ終わった。ありがとう、あとはぼくがやるよ」

ついさっきまで桂子に触れていた手で、和彦はティーポットとカップを温めはじめた。服を着てダイニングに来たのは自分なのに、すぐに続きがあるわけではないのだとわかった桂子はどことなく腹立たしさを覚えたが、なにも言わず、ダイニングのとなりにあるオーディオ用ソファに座った。和彦からは見えないのをいいことに不満な顔をつくってみる。目の前に並び、黙ってそれを見ているのは、おそらく桂子には操作不能のアンプやCDプレーヤーだった。けれどもこれを選び、組み立て、線をつないだのも、スイッチをオンにし、ボリュームのつまみを動かして音をあげたり絞ったりするのも、和彦の手や指さきなのだと思うと、桂子にはオーディオセットがこれまでとは違うなにかに見えてくる。

ソファのまえのローテーブルに、和彦はポットとカップを音もなく置いた。紅茶がそそがれると、焼いたばかりのクッキーのような香ばしい匂いがカップからたちのぼってくる。喉がかわいていたが、あわてて飲むとやけどをしそうだった。桂子はミルクを受けとり、ゆっくりとそそぎいれた。

「紅茶をのんだら、小屋を案内しようか」

そう言う和彦を、桂子は黙って見た。真面目《まじめ》な顔をしている。

「フランシス？」

「そうだよ」

「フランシスっていうのは……」

「水車の名前」

「水車……くるくるまわる？」

和彦は笑った。「そうだよ、くるくるっていうようなのんびりしたものじゃないけれど」和彦はそう言いながら桂子の左側の肩と首のあいだに手をおいた。セーター越しの、あたたかい手の重み。鳥が飛びたつようにすぐに手が離れる。

「どうしてここに水車があるの」

「ここは発電所なんだ。小水力発電の」

抽象画のような舞台装置がするすると上にあがると、そこにまったく別の絵があらわれたかのようだった。細密に描かれた具象画。和彦は霞《かすみ》を食べているわけでも世捨て人でもないのだ。ときには作業服を着て働くのかもしれない和彦の、背景に見えてくる絵は、なぜかくすんだトーンだった。雨の日の光景を描いたような、濁って沈んだ色あいの絵。錆《さ》びた鉄の金くさいにおいが漂ってくる。

「フランシスっていうのはフランシス・タービンのこと、つまりフランシス水車だね。十九世紀にこれを発明した、イギリス生まれのアメリカ人の名前なんだ。上から落ちてくる水の圧力で水車をまわし、羽根車を回転させて発電する。じつによくできた水車で、メンテナンスしだいでは五十年ぐらい平気でまわりつづける」

速度エネルギーを圧力エネルギーに変換し――というような説明を和彦はしていた。和彦の親指と人差し指と中指がまっすぐに伸びて、それぞれに直角をつくる様子を桂子は思い浮かべた。高校の授業で習ったフレミングの右手の法則。電流は、中指の先に向かって流れるのだったか。和彦の長い中指のつけ根から矢印の方向へと微弱な電流が流れてゆく。そのゆきつく先にだれかの皮膚がある――桂子は紅茶のカップを手にとった。唇がカップのふちにふれる。紅茶はぬるくなっていた。和彦の話はまだつづいていたが、桂子の耳は聞きなれない単語を素通りさせ、かろうじてひっかかったものだけで、なんとか意味を構成しようとしている。和彦は桂子の顔を見てわれに返ったようになり、「出てみようか」と言った。

太陽がだいぶ傾いて、谷あいの日陰にはすでに夜の色が滲《にじ》んでいた。気温が下がってきている。川の音が冷たい。家と小屋のあいだは緩斜面になっており、足もとには横木でゆるやかな段々がつくられている。

小屋に向かう道は、和彦の足で踏み固められ、草ひとつ生えていない。横木の脇には庭からツルのように伸びてきた芝生の茎がはしり、そこからまばらに、一度も踏まれたことのない新しい葉がのびのびと太く生えている。桂子は足もとを見ながら降りてゆく。小屋に近づくと連続する低い音が聞こえてくる。

鍵《かぎ》をはずし、引き戸を開けて入る和彦のあとについて、桂子は小屋に足をふみいれた。深い地鳴りのような振動が、足もとから伝わってくる。内部は思っていたよりも広く、天井も高い。入口をはいってすぐの右側に、大きなガラス窓で三方を囲まれたブースがある。その脇の階段を数段下りたところがこの小屋の床面で、中央部に太いパイプにつながれた機械が据えつけられていた。パイプは山側の壁からつきだしている。

「これがフランシス」

和彦が手で示したものは、太いパイプをくわえこんだ巨大なアンモナイトのようなかたちをした鋼鉄製の機械で、薄い青銅色をしていた。パイプのつなぎめはキャラメルくらいの厚みがあるボルトで締められている。もしもこの青銅色の殻のなかにアンモナイトが潜んでいるとしたら、目玉はソフトボールくらいあるだろう。桂子は少し上の空で想像する。

地鳴りのような音は、アンモナイトの内側に、冷たい大量の水が厚みと重みをともなって流れこんでくる様子を伝えてくる。「速度エネルギー」と「圧力エネルギー」と和彦は言っていた。圧力には音はないだろうから、これはたぶん速度の音だ。

「この上から水が落ちてきて、なかの水車が回転する。それが発電機を動かして、電気が発生する。原理は小学生にもわかるぐらい簡単」

和彦が「この上」と言いながら、小屋の山側を指さした。窓は曇っていて、外の景色がぼやけている。

「高低差が速度になり力に変わる。重力を使うわけだから、水と地球がなくならないかぎりエネルギーが絶えることはない。使い終わった水は川にもどすだけ。人間は紀元前から水車を使っているから、羽根のかたちも軸のかたちも何千年の試行錯誤を経てきている。風力発電もジェットエンジンも流体機械という意味ではフランシスと同じだよ。出力は二五〇キロワットだからたいした電力量じゃないけれど、安地内くらいの戸数ならこれでまかなえる」

「安地内の電気はここでつくってるの？」

「そう。もちろん北海道電力からも電気は来ているけどね。フランシスも故障することがあるし、定期点検も必要だから、そのたびに停電させるわけにはいかない。ただ北海道電力系の電気が万が一停まっても、安地内は停電にならないし、村の電気料金は北電からまるまる買うよりはるかに安い。余剰電力は北電に売ってるんだ」

和彦はうれしそうな顔をしてつづけた。

「うちの電気はここでつくったものをそのまま使わせてもらっている。まじりっけなし、生まれたての電力」

どうして和彦がそんなに得意げなのかわからなかった。

「オーディオっていうのは、電気の純度しだいで音質がまったくちがってくるんだよ」

「電気に純不純なんてあるの?」

「もちろん。壁のコンセントは専用のものを使ったほうがいいし、家のなかでも上流の電気をとりこまなければ駄目なんだ」

「上流?」

「他の部屋をまわって、つまりテレビや冷蔵庫やエアコンにとられたあとの下流の電気では、音に濁りがでるってこと。だからうるさい人になると壁のコンセントなんか使わずに、電柱から直接電気を引いてくるわけ。いや、笑うけど、自分の耳で聴きながら確かめてきたことだから、ほんとにそうなんだ」

桂子は和彦の顔を見た。真面目な顔に少しだけ照れがにじんでいる。

「発電所から直接電気を引いてきて、その電気でオーディオを鳴らせる環境は、日本ではそうないと思う」

「外国ならあるの?」

「ドイツならあるかな。聞いたことはないけどね」

桂子はちいさな声で「ふうん」と頷いてフランシスから離れ、五段だけある階段をあがった。左手に人がふたり入ればいっぱいになるようなブースがある。壁には黒と赤の数字だけのカレンダーとホワイトボード。ホワイトボードには何枚かの名刺がマグネットでとめてある。事務机があり、その上にいまではほとんど見かけないダイヤル式の黒電話。事務用の回転椅子。自宅の様子とは異なって、たばこと機械油のにおいが似合いそうな空間だった。

和彦も階段をあがってきた。

「ぼくはここの保守管理をしてるんだ。水圧がさがったり、水のオーバーフローが起きたり、タービンの異常があったりすると、警報が鳴って赤いランプがつく」

「さっきの音、警報だったの？」

あのときふたりは裸だった。ボン、というくぐもった電子音だった。

「もともとついていたのはふつうのブザーだったんだけど、うるさくていやでね、自分で音を変えてみた」

桂子は飛行機の機内で鳴るものと同じかと訊こうとして、なんとなくやめた。

「でもややこしいシステムじゃないから、ほとんどの場合ちょっとした調節でなおせる。水圧管や水圧弁、発電機や制御盤の状態も、潤滑油の補充、漏油、漏水、絶縁抵抗や水圧のチェックも、毎日する。定期的に羽根の清掃もするし、川の水位が高くなったら、取水口の水門までさかのぼって水量を調節しなければいけないしね」

「水車の羽根も掃除するんだ。このカバーを開けて？」

「うん。修理も点検も、梁《はり》からさげた滑車でつりあげてやる。夏場はとくに汚れやすいし、汚れたまま運転しつづけると出力にも影響がでかねないから。機械だって長持ちさせるには手入れがかかせないんだ」

桂子と和彦は小屋を出た。和彦は扉の鍵をかける。だいぶ暗くなってきた。段々を上がり、家の前の林道を山側に渡る。ここを通りかかるクルマは限られている。郵便配達のとき、反対側からのクルマとすれ違うことはめったにない。

和彦の向かう急斜面の山肌に、クルマ一台分の幅のごく短い上り坂がある。轍《わだち》がしっかりとついているから、ここも頻繁にあがったりおりたりしているのだろう。そのつきあたりにカマボコ型のドームのような建屋があった。和彦は黙って坂をのぼりはじめた。

ドアの錠を外してなかに入る。水の音がドームいっぱいに響いている。小さな滝の音。だいぶ冷えてきていたが、日中に暖められたもわんとした空気が澱《よど》んでいた。ドアからいちばん遠い向こう側に大きな導水口があり、そこからとめどなく水が流れてくる。導水口から出てくる水は大きなパレット状の水槽にいったん入り、その先の鉄《てっ》格子《こうし》を通り抜け、下方の暗がりにあるタンクに向かって流れ落ちている。

「一キロ上流の川の取水口からとった水を、地下の導水路でこのヘッドタンクまで引っぱってきてるわけ。ここでゴミや落ち葉や魚なんかをはじいて、下にあるフランシス・タービンに向かって水を落とす。高低差で勢いのついた水がフランシスをまわす」

「魚も入ってくるの?」

「ときどきね。アメマスとかヤマメが迷いこんでくる」

「そういうときはどうするの?」

「もちろん食べるさ。焼いて、晩ご飯のおかずにする」


桂子は真っ暗な生暖かいトンネルのなかにいた。つるつるのパイプのようなトンネルは桂子のからだを包みこむのにちょうどいい口径をしている。壁面はやわらかく、身動きをしようにも力が吸収されてしまってどうにもならない。やがて桂子は自分のからだがかなりのスピードで動いていることに気づく。しかも頭の先からどこかへ向かってまっすぐに。

誰かにとめてほしいと桂子は思う。誰かがとめてくれなければ——と桂子は突然のように気づく——頭からフランシス・タービンに激突してしまう。両手両足を壁につっぱるようにしてブレーキをかけようとするが、壁はぐにゃりと伸びてつるつるすべり、どうやっても止まらない。真っ暗なはずなのに、目を見開くようにすると、遠くに絶望的なスピードでまわる水車が見えてくる。助けてと叫ぼうとするが言葉にならない。かすれたうなり声のようなものがわずかに出るばかりで、それは自分の声から誰かが音を奪いとったあとのかすのようなものだ。それでも力をふりしぼって声をはりあげるしかない。とにかく大きな声を出さなくては。

　桂子の肩がなにかにつかまれる。手が肩を揺さぶる。

「だいじょうぶ？」

　声がする。自分のではない声。

　その声を受けた耳から意識が広がって桂子は目を覚ます。

　あたりは暗い。叫び声だけが消えて、その余韻が残っているような静けさだった。自分のはやい呼吸と、耳のうしろのあたりで脈打つ拍動が聞こえてくる。和彦の顔が隣にある。

「いやな夢をみた？」

　和彦はいるべき場所を教えるように、桂子を胸もとに抱き寄せた。あたたかなベッドルームの静けさ。毛布に包まれた和彦のからだの匂い。この匂いと肌から立ちのぼる見えない水蒸気を間近に感じながら、桂子は眠りこんでしまっていたのだ。

フランシスの見学から家にもどっても、和彦は続きをしなかった。下ごしらえのすんでいた鶏《とり》のつくねのみぞれ鍋《なべ》をダイニングキッチンで食べ、ビールを飲んだ。ソファにうつってほうじ茶をのみ、いちじくのドライフルーツをつまみながら、音のコレクションを聴いた。

シカゴの老舗《しにせ》ホテルのレセプションで、チェックインする客とフロント係とのやりとりを録音したものがあった。少し離れたところにマイクを据えてあるらしく、声は向かって左手から聞こえてくる。右手にはロビーがひろがっており、さらにその向こうにエントランスのドアがあり、ドアが開け閉めされるたび、タクシーが停まる音、ドアボーイと宿泊客の短いやりとりがわずかに聞こえてくる。ひんやり冷たい石の床のうえをゴムのタイヤの転がる音がする。カツカツというハイヒールの靴音。宿泊客の荷物をカートに載せたベルボーイが向こうから近づいてきて、またどこかへ遠ざかってゆく。あくの強い太い声の男の客が、しゃがれた声の中年女性に笑いながら何かを言い、左から右へと目の前を横切る。遠くでコインが落ち、重たそうな木の椅子《いす》を引く音がする。

目をつぶって聴いていた桂子は、自分がシカゴのホテルのロビーで、ソファに座って目の前の光景をぼんやり見ている気持ちになっていた。

慇懃《いんぎん》で洗練された口調のフロントの男性が、客の名前を復唱し、歓迎の挨拶を述べ、宿泊日数を確認し、サインをもとめ、質問に答える。宿泊客を部屋に送りだすまでの一連のやりとりのほとんどは英語だったが、フロントの英語の調子は誰であれ見事なほど一定なのに、宿泊客のほうは発音もイントネーションも千差万別だった。途中でかなり高齢と思われる女性の「エアメール・トゥ・イングランド・プリーズ」という声をかすかに聞きとることができた桂子は、目には見えないその老婦人の、白い封筒や白い便箋《びんせん》に書かれた青く細い文字まで見える気がした。

数日してチェックアウトをすませれば、部屋は整えられ、先客の気配は跡かたもない。彼らはいったいどこからやってきて、どこへいったのだろう。ホテルの音をゆっくりフェイドアウトさせ、和彦はオーディオのスイッチを切った。

「ぼくたちも部屋にいこう」

和彦はそう言って桂子の手をとり、一度だけつよく握りしめるようにしてから、立ちあがった。

ふたりは寝室の奥にあるバスルームで順番に歯をみがいた。洗面所には新しい歯ブラシが用意されていた。ふたたび寝室にもどると、こんどはおたがいに何のためらいもなくキスからやりなおし、キスをつづけながら服を脱がしあい、一枚ずつベッドの端にほうり投げる。またたくまに裸になり、毛布のなかにすべりこむ。キスはなにかを掘りあてようとするかのようにふかい。途中からきつい抱擁がゆるむと、どちらからともなく少しだけからだを離し、そのはざまに手をいれ、さぐるように触れはじめる。体温のこもった毛布のしたで和彦の肌はさらさらしている。やがて犬の鼻のようにおもっていたものにじかに指が触れる。爪《つめ》があたらないようにやわらかく握る。それは犬の鼻とはちがい、ごつごつしてもいなければ短い毛が密に生えているわけでもなく、つるりとし、脈をうっている。あたまのあたりが小犬の鼻のようにぬれている。

なにからなにまでちがう気がした。顔がちがい、からだつきがちがい、声がちがうのだから、肌合いもペニスも、桂子にはまったくはじめての、あたらしいものだった。

和彦は桂子の腕をかいくぐるように自分の手をのばし、指と舌を丁寧につかいはじめる。和彦の唇が桂子の耳のうしろから顎へ、首から胸へとおりてゆき、脚のつけねにたどりつく。和彦の舌の描くかたちがかわるたびに、桂子は腰におかれた和彦の手をつよくつかむ。ふたりはからだをいれ替える。声がでてゆくばかりだった口にペニスをいれ、舌や指や唇に意識を集めて熱心に動かしていると、和彦は桂子の髪を両手でつかみ動きをとめようとする。和彦は声を出さず、息を吐く。桂子はいったん動きをとめて耳を澄ませるようにしていたが、ふたたび熱心に、無心に動きはじめる。

おたがいのからだとからだの反応を知る探索作業が果てしなくつづくと思ううち、和彦はからだを起こし、ゆっくり桂子の両脚を割ってかかえこむようにすると、なかに入れようとした。避妊のことが頭をかすめたが、そうなったらなったでかまわない気がなぜかした。和彦のほうもそれでもいいと思っているのかあるいはたんに衝動にまかせてのことなのかと疑問に思うまもなく動きがはじまり、ことばを追い抜いてゆく感覚に桂子が引きこまれていったそのとき、予期しないタイミングで動きをとめると、和彦はからだをはずし、いきおいよく桂子の外に射精した。和彦は桂子の耳のしたに顔を埋めたまましばらく黙っていたが、息を整えてからだを半反転させ、仰向けになると、ごめん、つけるつもりだったんだけど、と小さく言った。

桂子は少し驚き、その驚きを見せないようにした。慣れたひとなのだとばかり思っていたから、不意の終わりかたが意外だったが、めずらしいことではないと思いなおし、誰にだってこういうことがあるだろう、とかばう気持ちでいる自分は、和彦とふたたびセックスをすることを前提にしているのだと気づく。

ことばではないものでおたがいを感じ、ふたりでなければうまれない感覚をつくりだし、耳を澄ますようにそれを味わい、ゆさぶられる。終わりかたがあっけなくても、それまでの道筋に桂子は満たされていた。はだかでからだとからだが触れあっているだけでも気持ちがやすらいだ。潮がひくように静かになった毛布のしたで、ふたりはそのまま眠りこんだ。そして桂子は、トンネルのなかを落下してゆく夢をみて、叫び声をあげたのだ。

タイマーがセットされていたのか、バスタブにはお湯がはられてあった。桂子はシャワーを浴びてから、ゆっくりと風呂《ふろ》にからだをしずめた。からだが芯《しん》からあたたまると、悪夢の気配が溶けだし消えてゆくようだった。明るくも暗くもない明かりが照らしだす白いタイル貼《ば》りのバスルームをながめわたしながら、ここで暮らすこともあるのだろうかと桂子は考え、いくらなんでもそんなことを考えるのはまだ気がはやいと思いなおす。

バスルームの窓から川岸を見ようとしても真っ暗でなにも見えない。ここから半径数百メートルのあいだに人家はないのだと、桂子はあらためて思った。どれだけ大きな声で叫んでも、誰にも聞こえない。いや、そうでなくてもこの部屋は、外から音が入ってきたり出ていったりしないようになっているのではないか。

バスルームから出た桂子は、ベッドで横になったままの和彦に言った。

「泊まっていこうかな」

和彦は桂子をちらと見て、「うん」と肯定とも否定ともとれるあいづちをうった。そして仕事を頼むような口調で、「ぼくもさっと入ってくる。適当になにか飲んでいて」とだけ言った。

桂子はあちこちに散らばった衣服を拾いあつめて身につけると、ベッドを整えてから和彦の服も軽くたたみ、枕《まくら》もとに置いた。

ダイニングに移って、お茶を淹れた。明日は月曜日だし、着替えも持ってきていないし、なにより和彦の反応がどこかはかばかしくなかったように感じ、桂子は帰ることにした。そうと決まれば、曖昧《あいまい》な駆け引きをしてもしかたない。セックスもまだ途中なのだしこれっきり会うことをやめたりはしないだろう。和彦が風呂からあがるまでにキッチンのシンクに置かれたままの鍋や茶碗《ちゃわん》を洗い、ふきんで拭《ふ》いてカウンターにおいた。

和彦が風呂から出てきたときには、桂子はすっかり身支度をととのえ、ソファに座ってバッグからとりだしたハンドクリームを塗っているところだった。

「……帰るの？」

意外そうな口調だったが、桂子には和彦がほっとしていることがわかった。桂子はあかるい声で言った。

「うん。明日からまた働かなきゃ」

「そうか、月曜日か」

曖昧で、なにも伝えようとしていない和彦の表情を見て、なんて正直な人なんだろうと桂子は思った。

わたしがこの家に泊まることはこれからもないのだろうか。ここから桂子が不機嫌の坂道をころげおちてゆくのは簡単だった。二十代だったら、かえって意地になり、泊まってゆくと言ったかもしれない。いまの桂子は、そういうやりとりをおっくうに思う気持ちのほうがつよかった。

「じゃあね」

桂子は少し勢いをつけてソファから立ち上がった。

外は思っていたよりもはるかに寒くなっていた。川の音が寂しく聞こえてくる。発電小屋とカマボコ型の建屋は外灯の弱い光を受けて、なんの変化もない。黙々と一定のリズムで発電作業をつづけているのだろう。

「また日曜日に会えるかな」

引け目があるのか、ただ寒いのか、和彦は肩をすくめて言った。

「そんなに先まで会わないでいられるの？」

わざとためすように言ってみる。玄関先の外灯の真下にいる和彦の顔は、陰になっていて表情が読み取れない。

「……そういうわけじゃない。じゃあ、いつなら会える？」

「明日は？」

「明日は夕方に北電の担当者が来て、そのまま枝留に行って飲むことになってるんだ」

「そう。じゃあ駄目ね」

桂子は和彦を見た。そこから先は、和彦がなにか言うのを待つことにした。和彦は言った。

「あさってはどう？」

「いいわよ」

「じゃあ、あさって」

桂子は和彦のチェロキーの隣に停めた自分のクルマに乗りエンジンをかけた。これから和彦はひとりで酒をのみながら、音楽か音を聴いてすごすのだろうか。それともすぐに寝室にもどって、ベッドにもぐりこむのだろうか。

和彦は桂子のクルマが目の前を過ぎてゆくのを片手をあげて見送った。桂子はすぐにはスピードをあげず、バックミラーとサイドミラーで和彦の姿を見た。玄関のドアを押しあけ家のなかに入ってゆく和彦が、軽くふんだブレーキの赤い光に照らしだされる。その背中が思ったよりも小さく見えた。

ハンドルを握りなおし、前を見る。クルマのライトが真っ暗な道をたよりなく照らしだしている。何時間ものあいだ一台もクルマが通らなかったはずの道だ。

そのときとつぜん、左側の笹藪《ささやぶ》からなにかが飛びだしてきた。あっ、と声が出てブレーキを強く踏む。たぶんまだ若い、オスのエゾシカだった。ライトに照らされたことに驚いたのか、こちらをふりかえって立ちどまり、動かない。ふたつの目が緑色に光っている。数秒たってもかたまっているのは、動くと撃たれるとでも思っているのか。黒く湿った鼻だけがわずかに動いている。桂子はライトが上向きになっているのに気づくと下向きに変え、照らしだす光を弱くした。片耳をプルプルとはたくようにして身じろぎしたエゾシカは、やにわに首を反転させたとたん、白いお尻《しり》を見せて跳びあがるように逃げだした。しばらく猛スピードで駆けてゆき、急にからだを右に傾け方向を変えると、道路脇の笹藪のなかへ飛びこんで、見えなくなった。

つめていた息をほどくように吐きだし、桂子はゆっくりクルマをスタートさせた。

ライトをまた上向きにもどす。なにもいない夜の道が光に照らしだされている。夜おそくに林道を走ったことなどなかったから、道路に飛びだすエゾシカをはじめて見た。あぁびっくりした、とため息といっしょに声に出す。声はいつもより弾んでいる。

まもなく湧別川を渡る橋に出た。この橋の少し上流に取水堰《しゅすいせき》と取水口がある。ここで引かれた水は暗渠《あんきょ》になっている導水路をとおり、小水力発電所の上にあるヘッドタンクにたどり着くとふたたび姿をあらわす。そこから水圧管にみちびかれ、一直線に発電所へと落ちてゆく。

今日こうして和彦の仕事がなんであるかがわかっても、和彦自身のことは、ひとり暮らしであることをのぞいてほとんどなにもわからないままだ。たしかなのは、あって の夜にまた会えば、セックスをするだろうということだった。それでも桂子には、それがあると思えるだけでいまはじゅうぶんだった。

これまでしばらくないままでいたこと、遠ざかっていたことが、こうして突然はじまった。

川を渡った。川を渡りきり、橋のつなぎめの段差をガタンと越えたとき、自分の属する場所にもどってきたという安堵《あんど》が桂子のなかにわいてきた。

舗装道路を走りはじめると、ハンドルと視界への集中力がゆるみ、和彦の手の動きや指の感触がつぎつぎによみがえってくる。鼓動がはやくなる。持てあます気持ちにひきずられているうちに、右折するはずの曲がり角を通りすぎてしまった。桂子はクルマをUターンさせ、安地内村の中央エリアに入っていった。

翌朝はいつものように六時半に起き、八時前には郵便局に着いた。制服に着替えるとすぐ、配達担当の四人で郵便物の仕分け作業を始める。そのうちふたりは四十代の主婦で、ひとりは親元で暮らす二十代の女性だった。年上のふたりは詮索《せんさく》がましいところのないおだやかな人たちで、若い女性もにこやかだが口数が少なかった。たまたまそういう組み合わせだったうえ、間違いのないようにということもあり、仕分け作業の最中はほとんど誰もしゃべらない。桂子は自分の担当の砂利辺地区の郵便物を受け取ると、配達の順にあわせてさらに並べかえてゆく。寺富野和彦の宛名《あてな》を目で探している。今日は一通もないとわかる。

配達の前にガソリンスタンドに寄った。思いだし笑いのような顔をしたまま立木は桂子を見て口を開いた。

「ゆうべはずいぶん遅かったね」

桂子はどきりとする。

「そうですか？　満タンでお願いします」

　答えにならないように答えた。エンジンをとめる。ハンドルを握っていた手を離し、制服の衿《えり》をあわせてボタンを確かめるように触った。立木が燃料キャップを外す音。給油ノズルが差しこまれるのが右のサイドミラーに映る。

「青いスズキスイフトでしょ？　エンジンの音でわかるよ」

　桂子は黙っていた。立木はどこに住んでいて、どこでクルマの音を聞きつけたのだろう。中古のスイフトを買ったのは、４ＷＤで、運転席と助手席にシートヒーターがついていたからだ。ボディカラーの青はあまり気に入らなかったが、北海道で運転するための実質に適正な価格がともなえば、色には目をつぶろうと選んだクルマだった。

　給油を終えた立木がまた運転席の脇にやってくる。

「夜はあんまり飛ばさないほうがいいよ。シカやクマにぶつけたらこっちが死ぬこともあるから。小型車はとくに危ない。——はい、満タン入りました。毎度ありがとうございます」

　慣れた挨拶のトーンに声を切り替えて、今日はここまでというような顔で立木は領収書をよこした。桂子は黙って受け取り、黙ってウィンドウを閉めた。

　ガソリンスタンドを出てひとりになっても、桂子は悪態をつかなかった。日曜の配達がなかったぶん、月曜日は郵便物の量が多い。仕分けした郵便物のうち速達を最優先に、しかも効率よくまわることのできる順路を決めてあった。頭のなかには砂利辺地区の地図が浮かぶ。一筆書きでなぞるように、そのなかを巡る順番をひとつひとつ思い描き確かめていく。日によって配達先が変わるから、一筆書きのかたちもそのつど考えなければならない。そういうきまりがあるわけではなかったが、桂子は行きつもどりつする無駄がなるべく生まれないルートを考えるのが好きだった。

今日は最後にまわる家だけを最初に決めていた。地区のいちばん北東の端に住む老婦人、御法川《みのりかわ》さんの家だ。いつもは折り返し地点のように考えている家だったから、配達の半ばになるところだが、今日はそこを最後にし、帰り道は国道を一直線にもどるのではなく、湧別川の東側にある林道に入り、そのまままくだって和彦の家の前を通りすぎるルートを考えていた。もちろん家を訪ねるつもりはない。

御法川さんの家への郵便物は多くはなかった。ひとり暮らしだし、御法川さんは目が見えなかったからだ。結婚して枝留で暮らしている娘が週に三回、様子を見にきてくれると言っていた。今日は書留があった。ベルを鳴らし、玄関で声をかける。

「ああ、待っていたのよ、あなたが来るの」

玄関先で銀行からの郵便を受けとると、御法川さんは見えていないはずの視線を桂子の喉のあたりに向け、ほのかな笑顔になった。なつかしい小花模様のワンピースを着て、艶《つや》のある髪をきれいに束ねている。こんなに上品なひとだったかと、最後の配達を終えるゆったりとした気持ちで向きあった桂子は、はじめてのようにそう思った。郵便を手渡したらすぐにクルマにもどるつもりでいたのに、どこか立ち去りがたく、御法川さんの笑顔をじっと見た。

「なにかお困りのことはありませんか」

「ありがとう。だいじょうぶ。あなたにね、伝えたいことがあって」

桂子は笑顔で御法川さんを見て、そのつづきを待った。

「配達はまだあるの？」

「いえ、これで終わりです」

「そう。だったらちょっとだけ、ここに座らない？」

玄関のあがりかまちに膝《ひざ》をおり、御法川さんはその隣を左手で指し示した。人がくりかえし座ったり足をかけたり手をおいたりしたその場所は、木目が浮き彫りになり縁が丸みをおびている。桂子は時計を見た。予定時間よりも十五分も早く配達を終えていた。「はい。じゃあ少しだけおじゃまします」と言って隣に座った。

「あなたが郵便を配達してくれるようになってから、いろいろといいことがあるのよ」

桂子は「そうですか」と思わずはずんだ声で言い、御法川さんの横顔を見た。

「ひとつは、夕焼け」

「夕焼け？」

「ふた月ぐらい前に、あなたが小包を届けてくれたとき、わたしが天気のことを訊《き》いたでしょう？」

きょうは晴れているようだけど、空はどんな様子なの？　と訊かれたのだ。その直前、桂子は空模様に目を奪われ、ただならぬ景色に圧倒されたばかりだった。御法川さんの目が見えないことはわかっていたが、なにかを見透かされたように感じ、ことさら丁寧に空の様子を説明した。

「あなたがね、そのときこう言ったの」

御法川さんは息をととのえて、桂子の左膝に軽く手を置きながら、一字一句そのとおりだったとでもいうように、薄手のガラス皿を箱からとりだすような慎重さで、ゆっくりと話しはじめた。

「晴れていて、空は青いんですけれど、もう夕焼けが始まっています。今日の雲は不思議です。西から東に向かってずーっと、真綿のふとんを縦に敷いて並べたみたいに、ぜんぜん途切れずに浮かんでいるんです。そう、浮かんでいるというより、敷いてあるような感じで――」

桂子は自分の言葉を忘れていたが、御法川さんが再現してくれているうちに、そのときに自分がどんな口調で言ったかまで、ありありとよみがえってきた。御法川さんはゆっくり笑顔になった。

「わたし、あなたの話を聞いているうちに空を見たくなって、手を引いてもらって、いっしょに家の前に出たの」そうだった。あたたかく、やわらかく、それでいて握りかえす力のつよい御法川さんの手。「それで、空を見あげると、あなたはこう説明してくれた――白い雲のぜんたいに、まんべんなく西日が当たっています。見たことのないような不思議なオレンジ色で、雲の内側からも光が当てられているようです。はじめから白ではなくオレンジ色だったんじゃないかと思うくらい。この世のものではないみたい。どうしたんだろう。こんな雲、見たことない……」

最後の言いかたも桂子の口調そのままだった。御法川さんはおかしそうに笑った。

「全部、おぼえてる。そのとき、わたしの顔にも西日が当たっているのがわかった。そうかこれが夕焼けか、オレンジ色で、この世じゃないみたいな眺めなのね。いったいどんな色かしら、と思ったの。色なんてすっかり忘れていたのに」

桂子の鼻先のあたりのなにもない空間を、御法川さんはじっと見ている。

「そうしたら、その日の夜、お風呂にはいっているとき、とつぜん思い出したのよ。小学生のときに見た夕焼けを」

いまその夕焼けを見ている顔だった。

ほんとうは、雲にオレンジ色がさしている光景を見て、桂子はただただ怖いような気がしたのだ。いくつかの気象条件が揃《そろ》っただけなのだろうと頭では理解できる。しかし、胸のあたりのざわつきはおさえられない。偶然がもたらすのであろうこの光景が、太古の昔からおりおりに起こってきたとすれば、そのたびに人はそこになにかの前ぶれを見たり、怯《おび》えたり、圧倒されたりしてきたのではないか。見慣れない美しいものは人をしばらく緊張させる。

「小学生のときに見た、あの夕焼けもすごかった。いつもよりちょっと低いところに段々になって浮かんでいる雲があってね、それがぜんぶ夕焼け雲になっていた。ずーっと遠くからつづいていて、わたしが見あげた真上にも赤い雲があって、ふりかえるとまだずっと先まで夕焼け雲。川沿いの道を歩いていて気づいたの。暗くなるまでずっと、赤い雲を眺めてた。たぶん小学校の三年生のとき。病気で目が見えなくなったのは、四年生の冬だから」

おなじ雲だ、と桂子は思った。

「目が見えたらどんなだろうって、いまでも思うことはある。でも小学生のときにわたしが見た雲は、死ぬまでわたしのなかに残ってるのよ」

桂子の膝のうえから手を離し、御法川さんは両手ですっぽりと顔をおおった。息を吸うのにあわせ、背中と肩が上下する。やがて両手を離すと、薄暗い玄関に誰かが立っているのを見ているような顔になった。

「このあたりは、昔も昔も大昔、日が昇るところも沈むところも見渡せない、風もぬけていかないような原生林に覆《おお》われていたの。繁る木の葉にさえぎられてね、夕日は幹や枝の真横からきれぎれに射《さ》し込むだけだった。地面は一日じゅう湿ったまま。ほんとうに薄暗いところだった」

「ご覧になったこと、あるんですか」

言いかたが真に迫っていたので、ついそう訊いてしまった。

「ああ、そうよね。何千年も前の話なんだから、おかしいわね。でもね……でも、なんだか見えるのよ。このわたしの目には」

御法川さんは、だまって頭を垂れた。桂子はただ御法川さんの話のつづきを聞きたくて、「見えるんですね」と言った。

「かたちのあるものはいつかは消えてしまうけれど、消えたものは、かたちを失うことで、いつまでも残るのよ。わたしに見えるのはそういうもの。

いろんなものが流れてきて、ここにやってきた。親からはぐれた仔《こ》グマとか、獲物《えもの》の匂《にお》いに引きよせられたキツネとか。大昔、ここに移り住むようになったアイヌのひとたちも、ほんとうはちがうところを目ざしていた。でも、川で魚もとれるし、けものもとれる。木の実もたくさん。このあたりを開拓して、安地内って字を当てた内地の人たちも、ほんとうはここが目的でやってきたわけじゃなかった。中継地点のつもりが、いつのまにか定住することになっていた。ここはね、だから誰にとっても目的地じゃないのよ、大昔から」

御法川さんは小さく笑った。

「でもね、どうなのかしら。ほんとうは誰でもただ流れてるだけでしょう。なにかに連れ去られるようにして、いつのまにかたどりついたところに、ひとは立ってるの。風にはこばれる種と同じ。どこであっても、旅先みたいなものなのよ。旅先だからひとは気やすくくっつくしね」

御法川さんは桂子のほうを見てにっこりした。桂子はとまどい、右手を胸にやった。

「出会ったら、そうならないわけにいかないわよね」

桂子の左の手が軽く握られ、また離された。

「ずっと同じところにいる男より、旅に出るような男のほうがいいわよ。あとくされもない」

あとくされ、などという言葉が出てくるのが意外だった。一拍おくようにして、御法川さんは桂子のほうを向いた。

「旅人の子どもを残しなさい。そうすれば、その子どもたちもいつか旅に出ることになる。あなたも、子どもの父親も、思いもしなかったところへ。何千年か前にここにやってきたのも一人残らずそういう人たちだった。わたしの祖先も同じ。だからわたしも目が見えていたら、いまごろはもうここにはいなかったでしょう。……あなたとわたしはたぶん、遠い遠い親戚《しんせき》なのよ」

桂子はどう返事をすればいいのかわからなかった。

「あら、ごめんなさい。そんなこと言われても困るわね。子どもはいいわよ。いないのもいいけど、いるのもいい。でもまずは子どものことなんて考えず、夢中になれたらそれでいいの。そうすればあなたももっと呼吸が深く、らくになる。無理や辛抱がかさなると、呼吸はだんだん浅くなってしまう。呼吸を聞くだけでも、いろんなことがわかるのよ。——引き留めてごめんなさい。あなたと話せてよかったわ」

御法川さんは桂子の膝をとんとんと、子どもをなだめるようにたたいた。

「こちらこそ」

桂子はやっとそれだけ言って、見えないことを承知で頭をさげた。

「なにか心配ごとがあったら、いつでもいらっしゃい。あなたとわたしは親戚なんだから」

どうしてこういうことになったのだろう。

御法川さんの家をあとにした桂子は、湧別川の東側にある林道を走りながら、見えていないはずの御法川さんの目にやどる光のようなものを思いかえしていた――旅人の子どもを残しなさい――和彦の動きや息づかいがよみがえる。別れた男とは、子どもができてもいいとおもっていた時期があった。やがてセックスから遠ざかり、そのままになった。

林道の右手の前方に、見なれた家があらわれた。白いチェロキーに並んで、ブリティッシュグリーンのセダンが停まっている。見たことのあるクルマだと桂子は思う。和彦が言っていた北電の人のクルマなのか。スピードを落とす。クルマのどこにも電力会社のマークは見あたらない。

家の窓にはすべてブラインドがおろされている。発電小屋が見えるところで桂子はクルマを停止させた。運転席から発電小屋の窓の内側が少しだけ見える。人のいる気配はない。左手の坂の上にあるヘッドタンクの施設を見あげる。入口は閉まっている。ここにも人の気配はない。

桂子はウィンドウを下ろした。川の音。耳を澄ませてみても、ほかにはなにも聞こえてこない。

家の前の庭にも、誰もいない。

北電の担当者と家のなかで打ち合わせをしているのだろうか。もしいまここで玄関があいて、北電の人が出てきたら、中途半端《はんぱ》なところで一時停止している郵便局の赤いクルマに目がいくだろう。

もし北電の担当者でないとしたら、誰だろう。

わずかな気がかりをのこしたまま、桂子はブレーキを踏んでいた足を離して、じわりとアクセルを踏んだ。徐々にスピードをあげてゆく。

その夜、桂子はひとりで夕食をとりながらビールをのみ、食べ終わってからも焼酎《しょうちゅう》のお湯割りをのんだ。歯を磨いて眠るとき、目のふちが赤くなった顔が、鏡にうつっていた。

つぎの日、桂子は仕事を終えると急いでシャワーを浴び、髪をとかし、ガソリンスタンドの前は通らないように迂回《うかい》して、和彦の家に行った。

何か月も会わずにいたふたりででもあるように、玄関で靴を脱ぐよりもはやく、頭に血がのぼるほどの力で抱きあった。靴はあちこちを向いたまま放置された。ベッドルームに入り、むしりとるように服を脱ぎ、ベッドに倒れこむと、顎《あご》をつかんだり腕をおさえつけたりするどこか演技的な乱暴さも見せながら、和彦はかわらず丁寧に桂子のからだに触れ、舐《な》め、吸い、噛《か》んだ。桂子も和彦のからだにツタのようにからみついたが、和彦がかたくしているものには今日はあまり触れずにいた。かえってそれが刺戟《しげき》になるのか和彦はつよく勃起《ぼっき》した。用意していたものをつけようとする和彦を桂子が制する。和彦は桂子に腕をまわし抱きしめながらふたたび深くキスをつづけた。桂子がうながすように手をのばすと、和彦はからだの位置をずらし、一秒一秒をかぞえるような動きで桂子のなかに入ってきた。ゆっくりだましだまし息をしている。最初のうちはなにかを確かめるようにじっとしていたが、そこから少しずつ規制をとかれたように動きがはじまり、速度とつよさにも変化があらわれる。それは和彦の繊細さと野蛮さに直接つながっていると桂子は感じ、その緩急が和彦そのものだと思ううちに、ゆさぶられ、歯を噛みしめ、息をつめた。自分の声が他人の声のように耳にこもる。動いているうちにおたがいになじんでくると、ときおりそこに角度の変化とスピードが加わり、和彦の腕と手が桂子のからだをおさえつけ桂子も和彦の手のひらのふくらみを噛んだ。もうここから先はあともどりはできず、上か下かもわからないところへいきおいよく落ち、消えてゆくだけという寸前で和彦はとどまり、なにかをやりすごすようにしばらく動かずにいて、やがて静かに引きぬくと、からだの位置を入れ替える。位置や角度が変われば、接しているところの感覚が変わる。またそこからおのずと動きがはじまり、その感触をたしかめあいながら、深く、つきあたるところまで追いつめてゆく。

触らないことと、触ることとをそれぞれ適度に交替させてゆけば、高度を一定に保つ旅客機のようにいつまでも終わらないセックスがつづいてゆくように感じられた。そう思ううち桂子はふいにコントロールを失いはじめ、どこに向かうのかまったく見えない軌道に引っぱられ、気がついたときには狭いところをくぐり抜け、どこかに出たと感じたとたん、底が抜けたようになり、暗くもまぶしくもある無重力のような広がりのなかにほうりだされた。和彦はその瞬間を感知したように桂子の耳に口を近づけ唇で耳を包みこみ、息を吐きかけた。このあいだ夢をみながら出した声が自分のなかからもう一度吹きだしてくるのを桂子は聞いた。

しばらくはなにも届かない空白のなかにいた桂子に、耳や肌や鼻の感覚がもどってくる。和彦の吐く息のリズムだけが聞こえる。たかまってくる目盛りが、その息の強弱になっている。桂子はからだのいちばん奥からわいてくるおおきなうねりのなかにいた。和彦はとつぜん息をとめた。ペニスが一度、二度、三度とふくらんで桂子はもうひとつ別の体温のかたまりが放たれるのを感じた。

うつらうつらして目覚めたとき、和彦はもういなかった。

枕に頭をのせたまま真っ暗なベッドルームを眺めわたすと、吠《ほ》えもせず、じっとこちらを見ているだけのパネルヒーターの小さな赤いランプが見えた。桂子はサイドテーブルの上にあるはずのライトを手でさぐり、スイッチを押した。腕を動かしてからだの重さに気づく。体温があがり、手足の先までほかほかしている。シューという音とともにドアが開き、和彦がそっと入ってきた。桂子が目を覚ましているのを見て、「おなかすいたでしょう。ちょっと待ってて」と言う。「ありがとう。いま起きる」と言いながらもまだ動きたくないと桂子は思う。和彦がキッチンにもどると、鼻まで毛布をひきあげてからシーツのひんやりとしたところにからだを移した。そしてそのまましじっと、シーツに触れている背なかやお尻、脚やふくらはぎ、かかとの輪郭を確かめていた。

桂子は毎週末を和彦の家ですごすようになった。

平日に訪ねようとすると、和彦はあまりいい顔をしなかった。それでも押しかけてゆくほどの若さは桂子にはもうなかったが、和彦のほうは平日にもときおり、帰宅時をみはからったように携帯へ電話をかけてくる。ポトフができたから、地鶏のローストを焼いたから、きのこをたくさんもらったから、と表向きはかならず食事への誘いだった。桂子は素直にでかけてゆく。夕ごはんを食べ、少しだけ酒をのみ、歯を磨くことが合図のセックスをし、音楽を聴き、和彦の気が向けば音のコレクションを聴いた。コレクションがいったいどれくらいあるのか、桂子には見当もつかない。

競馬場のダートコースを全力疾走で走る馬たちの、近づき遠ざかる足音に、砂が蹴《け》りだされ飛び散る音がするどくまじって、放物線を描いた砂のかたまりがからだにぶつかってくるようだ。馬の荒い呼吸音とジョッキーの短い声、鞭《むち》の音。それらの音の一団が遠ざかり、周回したのちふたたび近づいてくる。遠い地響きの向こうに、うららかなヒバリの鳴き声がする。

人のつくりだす人工音には、威圧的に人を驚かせる迫力がある。ケネディ宇宙センターでスペースシャトル「コロンビア」号が発射され上昇してゆく音を観客席から録音したもの。総重量が二千トンを超える物体を、地球の重力にさからい大気圏外へと上昇させてゆくロケットエンジンの、液体水素と液体酸素が高温で燃焼しノズルを通して噴射される大音響は、テレビ中継で聞く音とはまったく違っていた。からだの内部深くまで重く震わせる、耳を聾《ろう》する轟音《ごうおん》だった。近くに落ちたおおきな雷よりもはるかに怖ろしい。観客の歓声すらしばらくのあいだ聞こえなくなる。

高原牧場の草むらに（桂子がひとりで星を見にいったところだ）響きわたる虫の声。四、五種類ではおさまらない虫たちの、何万、何十万という数のオスが、いっせいにメスを求め、あるいは自分の居場所を主張し、ひたすら鳴いている。リズムがゆるやかに揃い、鳴き声はひとつのおおきなかたまりになる。音しか聞こえてこないのに、桂子が見たことのある夜空が見えてくる。夜明け前、星々が青紫がかった空に消えかかるところを、人工衛星の小さな輝く粒が無音で横切ってゆく。

サウジアラビアのメッカに集まったイスラム教の巡礼者たちが、マスジド・ハラームの広場中央にある、黒い立方体のようなカアバ神殿の周囲を巨大な渦となって動いてゆく。ひとりの人間が出す音には限りがあり、その音を聞き分けることはできるけれど、これほどの人数になると、もはやひとつひとつの音をよりわけて聞きとるのは不可能だ。何万という人間が、祈りのためにからだを動かし、大きな流れとなり、ことばにはならない秩序をつくりだしてゆく。――人工衛星に集音マイクをつけて、地球から発せられる自然音、人工音のざわめきを聴いてみたい、たぶんそれは漠然とした轟音でしかないだろうけれど、そんな音を立てながら自転する惑星なんてほかにはないと思うんだ、と和彦は言った。

音楽や音、オーディオ以外、和彦にはとりたてて趣味はなさそうだった。ミシンの脇《わき》にある本棚には、考古学の本や地学の本、宇宙の本、物理学の本に動植物の図鑑などが並んでいる。キッチンの戸棚には料理の本が古いものから新しいものまでずいぶんあって、たしかにかなりの腕前だった。

ベッドルームのチェストの上に並べてあったのは、安地内村やその近隣で出土した黒曜石の矢尻や石斧《せきふ》だった。あるとき桂子が村の先史資料館が昔から好きだったと話すと、和彦はしまってあった石器をいくつも出してきて見せてくれた。桂子は手にとり指で触った。薄く削いだような小さな刃は、たったいまつくられたように刃先が鋭く、難なく肉を切り裂くことができそうだった。役割を終えて千年万年の時間が流れても、そのままかたちを変えずにそこにある。桂子が石器に見いってしまうのは、そこに流れた気の遠くなるような時間と、大昔の人間の行った日常の動作の影とが、かたちのうえに見てとれるからだ。和彦は問われるより先に話しはじめた。

——このあたりにはあきれるほど石器が眠っているんだ。湧別川ぞいの山や丘陵地帯は、二万年から三万年もさかのぼる石器時代、黒曜石の産出地だっただけでなく、黒曜石を加工する工房が集まる場所だった。原石の性質を知りつくし、微妙な手加減をしながら段階をふみ、部分部分を叩《たた》き割って剝離《はくり》させてゆくと、スクレーパーのような石器から、ナイフや剃刀《かみそり》、矢尻まで、さまざまな用途別に石器のバリエーションが生まれてくる。黒曜石のかたまりからそうした石器を加工することについては、このあたり一帯の技術が世界的にみても傑出していたらしい。

北海道における石器時代は、キリストの時代から現代までの少なくとも十倍以上もの長さがある。技術が磨かれ、次の世代へと継承されてゆくための時間は、千年単位でたっぷりと用意されていた。飛びぬけて優れた技術者が現れて、何段階も上の技術へと飛躍的に前進させたこともあっただろう。しかし、古い技術はつねにあたらしい技術にとってかわられるべきものだという考えかたは、まだ彼らのなかにはなかった。ひとつの技術は、何世代にもわたる継承を経て、彼らの気づかないうちに、少しずつらせん状に上昇していった。見えないほどのわずかな差が、時間の流れのなかで積みかさねられ、技術は洗練されてゆく。黒光りする石器のなかには、気の遠くなるほどの長い時間が閉じこめられている。

黒曜石を手に持ちながら話す和彦のなかに、三万年前に生きていた技術者の血が流れこんでいたとしてもおかしくはないと、桂子はなかば本気でそのように思った。こんなところでひとり、なにかから隠れるように暮らして、しかもぬかりなく女を見つけだし、自分の腕のなかにかかえこみ、ふだんはしまいこんでいる能力をひそかに、大胆に発揮する。

石器時代、逃げる獲物に弓矢を放ち、射止める能力の高かったものもいれば、弓矢の先につける石器づくりが巧みだったものもいただろう。両方に長《た》けたものも、いずれも不得意で居心地わるく生きたものも、いたかもしれない。どうであれ、やがて彼らはひとり残らずこの世から去っていった。まちがいないのはそのことと、ここにこうして石器が残されたことだ。石器のかたちと仕上げを見れば、つくり手の持っていた技法と腕を想像することができる。しかしどうやっても、その人を見ることはできない。

桂子は、石器の技術じたいには、じつはさほど興味がなかった。それよりも知りたかったのは、石器を使う人間の表情、どんな料理をし、食べていたのか、使い終えた石器はどこにしまわれたのか、というようなことだった。

和彦の家を訪ねた日は、最後に風呂に入る。白いタイルの清潔な空間を桂子は気に入っていた。ゆっくりと身じたくをし、落ちた髪の毛を丁寧にひろった。シャンプーの匂いをまとったまま夜更《よふ》けに家にもどった。自分で運転して来ているのだから、詮ないことだとわかっていても、「送ろうか」と声をかけられることがないのが桂子の小さな不満だった。満ちたりた感覚にひそむわずかなむなしさと、エンジン音と振動だけを連れて、ライトで照らしだされた暗い林道を、桂子はひとりで家へと向かう。

夜になればまちがいなく放射冷却現象が起こるだろう、抜けるような青空の日曜日の午後、和彦はとつぜん「テレビ塔に行ったこと、あったっけ?」と屈託のない声でたずねた。

「テレビ塔? 行ったことない」

桂子はそのままそう答えた。

和彦は、それならこれから歩いて行ってみよう、と言う。すごく眺めのいいところなんだ、このすぐ上にある。

林道を二百メートルぐらい枝留方面に進んだところに右手に分かれる道があるのは知っていた。そこからぐんぐん右にカーブを切って、和彦の家の方角にもどりつつ上へとのぼってゆく。かなりきつい坂道だった。鳥が鳴いていた。笹藪が左右に深々と繁《しげ》っているので、シカやクマが潜んでいてもわからないが、和彦の歩き方にはそのような心配の影は見てとれない。ふたりは黙々と歩いた。やがて突然視界がひらけ、青空と周囲の山の稜線《りょうせん》が見渡せる場所に出た。

コンクリート造の四角の建物があり、その上にテレビ塔が立っていた。

「ここがいちばん見晴らしのいいところなんだ。この下にうちが見える」

テレビ塔の立っている敷地のいちばん外れ、崖の手前に柵がめぐらされた一角がある。手すりにつかまって和彦の指すほうを覗《のぞ》き込むと、斜め下の木陰のあいだに、家と発電小屋が小さく見える。ヘッドタンクのあるカマボコ型の建屋は木に隠れているが、タンクから下へと向かう水圧管はよく見えた。二十分ほどしか歩いていないのに、こんなに高いところまでたどりついていたことに驚く。家と小屋のすぐ向こうを川が流れている。風向きによって、川の音がわずかに聞こえてくる気がする。

木立を背にして立つと、安地内村の西半分を見渡すことができた。小麦畑が見え、役場が見え、先史資料館が見え、郵便局が見えた。こんな小さな村に自分はやってきたのだ、と桂子はあらためて思った。乾いた風が頬を撫《な》で、少し汗ばんだ額がすうすうとした。

「この村ぜんぶの電気を、半世紀以上にわたってたゆまずつくってるんだから、フランシスはたいしたもんだよ」

　たいしたものだと桂子も思ったが、「この村ぜんぶ」は桂子の目には小さなものに見えた。しかし八百人といえば、少ないともいえない気がしてくる。東京で過ごしていたときには、八百という具体的な人の数など考えたこともなかった。どこからどこまでが東京かだって、多摩川や江戸川を渡りでもしなければ見分けがつかない。しかし山に囲まれ、湧別川を中心にひろがる安地内村は、村の範囲も境界もはっきりとわかる。フランシスは見渡すことのできる人里のすべての電力をまかなっているのだ。

「これ以上人口が増えたら、フランシスだけでは足りなくなる。そうなったら、ここの電力はぜんぶ北電に売って、反対にふだん使う電力は北電から買うことになる」和彦はめずらしく仕事の声になっていた。「太陽光発電の余剰電力はこれまでの二倍の価格で買い取ることに決まったって、先週、新聞に出てたけど、小水力発電についてはこれまでどおり変わらないらしい。ダムの時代はどうやら終わったみたいだし、風力発電や太陽光発電みたいに脚光を浴びることもない。山と川ならいくらでもある国なのに」

「でもフランシスはまだまだ働いてくれるでしょ」

「そうだね。あなたみたいな奇特な人がそうそう現れるわけはないから、人口が増えることはまずないだろうし。この十年で一割近く減ってるからね。安地内の電力をこれからもフランシスが供給することになるのであれば、ぼくの仕事もそのあいだはまあ安泰というわけ。フランシスが使えなくなるとしたら、老朽化してタービンがだめになるか、取水口のあるダムが壊れるかしたときだけど、ぼくよりはフランシスのほうが長持ちしそうだ」

和彦はまんざら冗談でもない口ぶりでそう言うと、黙って下の景色を眺めている。

「なに言ってるの」と桂子は言い、手すりをつかむ和彦の手に触れた。

まわりをトンボが飛んでいた。ときおりアブらしき黒いかたまりが、ここはおまえたちが来るところじゃない、とでもいうように、不興げな音を立てて目の前を横切ってゆく。

黄葉も、紅葉もすっかり終わり、葉がだいぶ落ちたせいで、和彦の家の窓からも光を反射する川面《かわも》がわずかながら見えるようになってきた。明け方にはあたりまえのように零下になった。

朝の仕分けから配達まで、桂子は郵便配達の仕事を流れるようにこなしていた。立ち止まって考えたり迷ったりすることもなくなって、何軒かの家ではちょっとおしゃべりをしたり頼まれごとをこっそりと引き受けたりもしながら、適度な距離を保っていた。

桂子の働きぶりにおそらく満足している局長からは、一度だけ、結婚する気持ちはないのか、と駐車場の立ち話でさりげなく訊かれたことがあった。

「いえいえ。いい話があれば、したいです」

冗談めかしてそう言ったが、そこに嘘《うそ》はなかった。ほんとうにそう思っていた。和彦のことが思い浮かんだ。でも和彦との日々が「いい話」になってゆく可能性があるのかどうかはわからない。いや、正直に言えば、うたがわしい、と感じていた。つきあいはじめて二か月が過ぎて、桂子は自分のなかにある無数の細胞が活発に働いていると感じながら、手と足をどのように伸ばしても、どこにも届かない曖昧な空間に宙づりにされているような感覚を覚えはじめていた。

「東京の人は、世話を焼かれるのがいやかもしれないと思ってね」

局長を見て、桂子は笑った。

「そんなことないです」

「そうか。わかった。じゃあ、いってらっしゃい」

和彦はフランシスについて思いだしたように話すことがあった。この小水力発電所は、しばらく前から電話回線を使ってコンピュータで監視できるようになり、基本的に有人ではりついている必要のないシステムに変わっているという。父親が経営する寺富野電業は枝留に本社があり、そこでも安地内発電所の計器類を監視しているので、万が一、故障が起きても、クルマで一時間もかからず修理にかけつけることができる。発電が停止した場合は、北電からの送電にバックアップされるシステムになっているから支障はない。しかし人が常駐していれば、すぐに対応できてより安心なのだ。つまり、と桂子は東京の会社員時代の頭にもどって理解する――本来ならコストの見合わない和彦の人件費は、寺富野電業の内部でまかなわれているわけだから、安地内村にも文句はないということなのだろう。

さらに桂子の想像がふくらんでゆく。和彦はこの水力発電所でなら、なかば隠遁《いんとん》したような暮らしができると考え、父親にねじこんだのではないか。

しかし和彦はもう三十八歳だった。父親の話を聞いたことはなかったが、跡継ぎがこんなところで引っこんでいていいのだろうかと、自分の非正規雇用の仕事を棚にあげて桂子は思った。それともほかに枝留に住んでいられない事情でもあったのか。考えはじめると胸騒ぎを覚えた。しかし、ためらいのない、おたがいに探求心のつよいセックスにふたりで没頭しているうちに、そのような疑いは遠のいて、置き去りにされた。体温や湿度をともないながら直接触れあって感じていることは、なによりも強くたしかだった。和彦の日常がどこかかりそめのものに感じられるとしても、それは桂子のいまの日常にもいえることなのかもしれない。

いちだんと冷え込んで、郵便局の駐車場にはじめて霜柱が立った日、朝の仕分けでめずらしく寺富野和彦宛の小包が目に入った。ソフトボールがひとつ入りそうな箱が茶色のワックスペーパーで包装され、たこ糸で厳重に縛られてある。結び目は爪《つめ》を立ててもほどけそうにないほどきつく締められていた。大きさに較《くら》べて軽い。オーディオの大事な部品が入っているのかもしれない。クルマの荷台に載せるとき、カーブで転がらないように、カーキ色のレインコートを上にかけた。

その日の最後に和彦の家に向かうと、白いチェロキーが停まっていた。桂子は玄関ドアの脇にある呼び鈴を押した。三十秒ぐらい待って、もういちど呼び鈴を押そうとしたとき、ドアが開いた。和彦は一瞬、驚いた顔を見せたが、桂子は間髪をいれずに、

「寺富野さん、小包です」と言い、包装された茶色の箱を差し出した。

「なんだ、小包か。何かあったのかと思ったよ。あがる？」

一転して笑顔になった和彦は茶色の包みを受け取った。桂子は顔を横にふった。

「勤務中だし、再配達もあるから、局にもどらなきゃ。あ、ハンコ、忘れるところだ

った」

和彦は頷《うなず》いて、印鑑をとりに引き返した。小包を裏返したとき、背中をふいに叩かれた人のように、和彦は立ち止まりかけ、そのままスピードが落ちた状態で差出人が書かれているあたりに目を落とした。印鑑を片手に玄関にもどってきた和彦は、うって変わって硬い表情をしていた。

どうしたの？　と訊かないほうがいいと桂子は思い、反対に明るくふるまった。

「きょう、来てもいい？」

少し芝居がかった、ひそめた声で言った。

「きょう？　きょうはね、だめなんだ。夜、枝留に行く約束があって」

「そう。わかった」

桂子は笑顔になって和彦に近づくと、軽く唇にキスをした。和彦は不意をつかれたような顔をした。

「じゃあね……ありがとうございました」

玄関を背に、小走りでクルマに駆けよった。もと来た林道へとUターンしながら、桂子の頭には和彦のこわばった表情が消えないまま残っていた。

雪だった。

待望の雪だった。

枝留で暮らしていた中学生のころ、桂子は毎年、冬を心待ちにしていた。それは雪を心待ちにすることと同じだった。大雪になれば、朝になるのを待ちかねて、吹きだまりのできている玄関から外に出た。

町全体が白いおおきな箱のなかに閉じこめられてしまったかのように、静寂があたりをおおっていた。スノーウエアを着て長靴をはき、手袋をはめている自分に、雪の降りかかる音がする。唇のうえを雪がかすめて落ちてゆく。まつげに雪がのる。「マイ・フェイバリット・シングス」の歌詞にも、まつげや鼻にのった雪がお気に入り、とあったはずだ。膝のあたりまで雪が積もった家の前の路地を、両腕をおおげさにふりながら、白いなかを漕《こ》ぐようにして歩くことが無性にうれしかった。

冬のあいだは校庭にスケート場ができた。先生と生徒と親たちが総出で、校庭のまわりにリンクのかたちにどどめ板をめぐらせ、なかの雪を踏みかためて、さらにそこへホースで水をまいて凍らせてゆくと、すべらかな氷の面が姿をあらわす。

頬と鼻の頭を赤くしながら、朝も昼休みも授業が終わったあとも、氷のうえを滑った。ただぐるぐると周回するだけなのに、それがたとえようもなく楽しかった。スケート靴のブレードから氷の固い感触が伝わってくる。ほとんど力を入れずに、腕をふり足を交互に前へ出すだけで、スピードが出て、顔に風があたる。好きだった同級生、産婦人科医の息子の遠藤重治は、桂子が二周するあいだに三周してしまう。長い手足を動かしながら自分を抜いてゆくうしろ姿を見るのがうれしくて、桂子はスピードをあげずにゆっくり滑った。ブレードが氷をけずる音は、どこにも反響せずにただ広い冬の空に吸いこまれ、消えてしまう。ブレードの乾いた音と自分の息が聞こえるほかは、あらゆる音が遠く、はかなかった。

きょうの朝、起きてから窓の外に重たい灰色の雲が垂れこめているのを見て、これはいつ降りはじめてもおかしくないと桂子はそわそわしはじめた。ケトルを火にかけ、また窓に近づいて外を見あげる。ポットやお皿やカップを熱湯であたためて、もう一度窓際《まどぎわ》まで足を運ぶ。

見あげる庭木と自分のあいだ、隣の屋根と自分のあいだを降りてくるものがあった。中学生だったときの気持ちがそのままもどってくる。ダウンジャケットを着て、毛糸の帽子をかぶり、手袋をして桂子は外に出る。

雪が落ちてくる。見あげたほの暗い空から落ちてくる雪は白ではなく灰色に見える。自分が吐く息の音だけが聞こえてくる。

記憶にある枝留の雪よりも粒が小さい気がした。小さい雪が手袋の上に落ちてくる。顔を近づけるとすぐにとけて消えてしまう。桂子の家にほど近い定年後の夫婦の住まいから、台所の白い煙がたち昇っている。無音の景色のなか、白い雪のあいまをぬって、プロパンガスが点火するボンという音がかすかに聞こえる。

あたりには誰の姿もない。気温は零下五度ぐらいだろうか。じきに冷気で足がしびれるような感覚になってくる。

桂子の姿をみとめたかのようなタイミングで、雪が本降りになりはじめた。遠くの林に目をやると、風の道にのり、巻き込まれ、吹きおろされてゆく雪の流れが、おどろくほどはやい。ひとつひとつの結晶が降りてくる様子はおだやかなのに、遠くの風景として見たとたん、なぜこれほど激しいものになるのだろう。

室温のぬくもりをすっかり失った冷たい手袋のうえに、雪がちいさな生きもののように舞い降りては、とけずにそのままとどまるようになった。桂子は手袋を顔に近づけ、落ちてくる雪を見た。六角形の雪の結晶が、そのままはっきりと見てとれる。ミクロ単位の白いグライダーが、幾何学的な円陣を組み、じっと待機しているようなもの。枝分かれしないシンプルな六角形もあれば、観覧車のようなカゴをまわりに六つつけたものもある。

枝留にいたころも、こうだった。寒さがきびしくなると、六角形の結晶がそのままのかたちで舞い降りてきた。すでに積もった雪のうえに、ベランダの手すりや犬小屋の屋根のうえに、結晶はかたちをくずさず落ちてきて、静まりかえって動かない。世界はなんと繊細な成り立ちをしているのだろう――中学生だった桂子がそのような言葉で思ったわけではなかったが、結晶のひとつひとつを見ているとき、たしかにそのように感じていた気がする。

雪の結晶には、ひとつとして同じかたちはない。雲のなかで偶然のようにして生まれた氷晶が、枝をつぎつぎにのばすようにしてそのかたちになるのは、零下十度から二十度ぐらいの数千メートル上空だ。生まれた瞬間に、約束された落下がはじまる。零下の大気のなかをくるくると回転し、裏返り、あるいはそのまま滑空し、安地内村へと落ちてゆく。すでに真っ白な安地内村の、人家の集まる中央部から、白い水蒸気が心細げに立ちのぼっている。そこからわずかに外れて、細長い切り傷のような湧別川が見える。滲《し》みだしたリンパ液のような凍らない川。せせらぎが聞こえるほどに近づけば、着地まであとわずかだ。川のなかに消えてゆくものもあれば、川べりの木々の梢《こずえ》に積もるものもある。風にのってさらに流され滑空し、小学生の帽子のうえにみごと着地するものもある。あたたかく濡《ぬ》れた犬の鼻のうえに落ち、とけて失われるものもある。雪の結晶の終わりを、犬は気にもとめない。

誰に案内されたわけでもなく桂子の手袋のうえに落ちてきたものは、たまたまこうして長いあいだ見つめられているけれど、ほとんどすべての結晶は、誰に見られるわけでもない。突然はじまる、あともどりのできない旅の行く先は不確かでも、永久に着地しない雪はひとひらもない。たしかなのはそのことだけだった。

からだが芯《しん》まで冷えてきた。あたりにはすでに雪の白が広がっていた。急いで何かを隠すように、むらなく周到に、音もなく、雪は積もりはじめていた。

郵便局のなかは年賀状販売やお歳暮の物販サービスでこれまでになく忙しくなっていた。近づいてきた局長が桂子に声をかける。

「年末年始の仕分けと配達の担当表、問題があったら今週中に教えてください」

「はい。とくに予定はありませんから、だいじょうぶです」

桂子はすぐに答えたが、局長はそれには反応せず、窓の外の雪を見たまま、桂子にだけ聞こえるぐらいの音量で言った。

「もしよかったらなんだけど、引きあわせたい人がいてね。旭川の人。三十七歳。ずっと独身。中学校の国語の先生でね。地元ではえらく評判のいい人で、学部はちがうけど、あなたと同じ大学を出てる。実家は東京なのに、わざわざ北海道で働いているというのも同じでね」

局長はそう言ってちょっとむせたような小さな笑い声を立てた。「いや、無理にっていうことじゃないんだ。私もどっちかと言ったら、ここでずっと働いてほしいから。だけどね」

局長は、こんどは向きなおって、桂子の顔を正面から見た。

「あなたはまだ若いし、ここでずっと非正規雇用でやっていくのがいいのかどうか。これは考えておいたほうがいい。バランスというか、適材適所ということもある。それに、気づいてないかもしれないけど、つまり、うーん、なんだ……その注目されているんだな、要するに」

局長はまた外の雪を見あげて、言いにくいことを自分は言っている、という顔をした。桂子は少しだけ緊張し、自分で自分の手を握った。

「あらぬ噂《うわさ》をたてる者もいるから。気をつけないと、いろんなところに目があるからね、こういう小さな狭いところだと。……まあ年明けでいいから、ちょっと考えてみてください。じゃあ、今日は雪だし、運転にはくれぐれも気をつけて」

局長の言葉は桂子の頭のなかにとどまって、なんどとなくリピートされた。あらぬ噂、というのは和彦とのことだろう。

どのように言われているとしても、自分は独身だし、和彦もひとり暮らしだ。万が一、戸籍のうえで妻がいたり子がいたりしたとしても――桂子はなんどとなくその可能性を考えたが、和彦の家のなかにはひとつとしてその痕跡《こんせき》らしきものはなかった――噂などほうっておけばいい、と桂子のなかの声は言う。それでも局長が親身になって案じてくれていることについては、おせっかいだとは思わなかった。もしも東京の会社で似たような話を上司にもちかけられたら、ましてや同じ忠告めいたことを面と向かって言われたら、まちがいなく反発を覚えただろう。ところがなぜか桂子は、ありがたいと思うほかないと感じたのだ。

配達車のフロントグラスはすでに真っ白だった。桂子は手袋をした手の甲で雪を払う。水気を感じない雪だった。エンジンをかける。雪の結晶がつぎつぎにフロントグラスのうえに落ち、結晶のまま、つるつると滑ったり、とどまったりしている。ワイパーはかけず、雪の結晶がすべり落ちる様子を桂子はしばらく眺めていた。

いつもよりスピードを落として走っていたので、ガソリンスタンドの前を左折するとき、意に反して立木の姿を目で探してしまった。姿はなかった。晩秋から春先になるまで、一日おきに小ぶりのタンクローリーで灯油の配達に出ているはずだ。留守をまかされている痩《や》せぎすでおとなしい弟は、スタンドの奥の部屋でぼんやりテレビを見ているにちがいない。

「寺富野和彦様」と宛名書きされた郵便物が今日はひとつだけあった。桂子はいつもどおり最後の配達にしようと思ったが、なぜか無性に、和彦の家が雪に包まれている様子をいますぐ眺めてみたくなった。頭に思い描いていた配達のルートを最終地点から逆にたどることにした。

川を渡り、ゆるやかな林道を走った。道はすでに真っ白だった。桂子のクルマがその日はじめての轍《わだち》をつくってゆく。

和彦の家が左手の前方に見えてきた。

玄関の手前でクルマを停めようとする間際に、前方の平らかな雪景色にふたつの線が割りいっているのに気づいた。白い雪面に遠慮なくナイフがはいり、ナイフがうしろに引かれ、カーブを描いている。タイヤの跡は、和彦の白いチェロキーの隣の駐車スペースからはじまっていた。林道に左折する手前で線が交錯し、蹴りだされ、はねのけられた雪が、白い面を乱すようにのっている。カーブを描き終えたところが林道の中央で、四つの線がふたつにまとまると、そのまま桂子の見ている前方へと道なりにまっすぐ伸びていた。

チェロキーの駐車スペースに並んで、雪がうっすらと積もっただけの、黒っぽい四角がくっきりと残されている。おそらくそれほどは時間が経《た》っていない。和彦の家から出ていった誰かがこのふたつの線の先頭にいて、たったいまもクルマを運転している。桂子はクルマを停めずにゆっくりと加速し、そのまま轍を誘導灯に見立て、アクセルを踏んだ。湿り気のない雪がタイヤにこすられ、粉がきしむような音がした。ワイパーの音。フロントグラスに雪がふりかかる音。エンジンの音。タイヤの音。足もとへ暖気が吹きだす音。桂子の心臓の鼓動。

路肩に注意しながら、林道を進んだ。赤い郵便配達車が果てのない白のなかを、白い雪をなすがままにかぶりながら、くぐもる音を立てて進んでゆく。

木々の葉がすっかり落ちて、あとは雪を待つばかりの十月の終わり。金曜日の夜だった。

桂子はうつ伏せになり、ベッドのマットレスに両手をかけていた。手をはずしたら、そのままマットレスの崖《がけ》からすべり落ち、深い水底に落ちてゆくとでもいうように。沈みそうになる桂子の腰を軽くささえ、持ちあげるようにし、ときには背中をおさえこみながら、和彦が静かにゆっくりと動いている。和彦が動くと桂子の頭や髪がシーツをこするように動く。その軽い震動までが桂子の感覚をばらばらに散らす要素のひとつになってゆく。動きがことさらに強く深くなり、ふいにとまると、桂子の首のうしろに和彦のながい息が太い束になってかかった。

和彦がベッドを離れ、シャワーを浴びているあいだ、桂子は目をつぶり、自分の呼吸音がゆっくりと鎮《しず》まってゆくのを聴いていた。

仰向けの桂子が両手をあげて耳の両脇におろし、首のうしろで手を重ねようとしたとき、ヘッドボードとマットレスのあいだに脱力した指がおりて、さらにその冷たさを探るように奥へともぐっていった。まもなく中指の先がマットでもヘッドボードでもないものに触れた。固いもの。金属の編み目のような感触。桂子はからだをひねりうつ伏せになって指にあたったものを目で確かめようとした。

それは、黒く、平らなかたちをしていた。黒いコードがさらに下へと伸びていた。小さなマイクだった。

このマイクで録音をしていたのか。耳が突然、自分の鼓動を聴いていた。桂子は跳ねおきるようにからだを起こし、急いで下着をつけた。しばらく躊躇《ちゅうちょ》していたが、桂子はもう一度マットレスの奥に手をすべりこませ、マイクの端から伸びている黒いコードをおそるおそるひっぱった。コードはするすると抵抗なく引き上げられ、魚を釣り逃した糸と針のように、埃《ほこり》のちいさなかたまりだけをつけて、先端のジャックが現れた。どこにも接続されてはいないらしい。少なくともいまは。

引きだしたジャックを桂子はまた奥のほうに押しこんだ。

和彦はいつも、ベッドのうえで声をださなかった。

体温が急激に下がってきたように桂子は感じた。服をすべて着こんでからリビングに移動し、洗面所で髪をととのえ、冷たい水で顔を洗った。一瞬、そのまま帰ろうかと思ったが、気を取りなおし、お湯をわかしてほうじ茶を淹《い》れた。まもなく和彦があらわれ、「どうしたの？」とベッドルームのドアのところに立ったまま桂子を見た。暢気《のんき》な顔をしている。

「ちょっと寒気がして、頭が痛い」

和彦の顔が曇る。桂子は和彦の目を見ていられなくなる。

「風邪だったら最初が肝心だよ。いまあったまる飲みものをつくってあげるから」

「……ほうじ茶を淹れたからだいじょうぶ」

「ほうじ茶じゃ風邪は治らないよ。ちょっと待ってて」

和彦は戸棚からいくつかの缶を引っぱりだし、マグカップになにか入れている。お湯を注ぎ入れ、ハチミツを加え、調合するような手つきで丁寧に混ぜてゆく。

「これは効くよ。ひきはじめならね」

桂子の前に白いマグカップが置かれる。湯気が立っている。甘くつんとする匂《にお》い。

「のんでごらん。やけどしないように」

少しずつ口にふくむと、ぴりぴりするものととろとろとしたものが混じりあい、喉《のど》から桂子のなかに沁《し》みてゆく。

「これはなに？」

「しょうがと葛《くず》。それからハチミツ」

和彦のつくるものは、料理も飲みものも、省略がなく、どこか厳密だった。和彦のなかに、桂子には見えない網の目のような手順と、誤差のない秤《はかり》と、いつも同じ方向に向かう指針がありそうだった。それはいっしょにいるときの安心につながりもすれば、そこから自分が外れたとき、外れようとしたときにどうなるのかという不安にも簡単に裏返る。

発電小屋からの警告音が鳴った。和彦は「ごめん」と言いながら小屋の様子を見にいった。桂子はひとりであたたかいその飲みものを飲んだ。和彦がもどってきたところで、これで治るような気がする、ありがとう、帰って今日は眠ります、とだけ言い、家を出た。マイクのことは口にしなかった。それはそのまま胸の奥にかたまりとして残った。からだの芯にあるさむけは、汗がでるまで長く風呂《ふろ》につかっても、どうしても抜けなかった。

翌日から桂子は熱をだした。自分でクルマを運転し診療所に行った。老医師は聴診器をおろし、「ふつうの風邪ですね。とにかくあたたかくして、栄養をとって、休んでください」と言った。クスリを一週間分もらうと、少しだけ気が楽になった。郵便局は三日休むことになった。桂子はそのあいだ、簡単な食事をとる以外はテレビもつけず音楽もほとんどかけず、眠れるだけ眠り、目が覚めるとベッドのうえでぼんやりとした頭のまま、いまのままでいいのか、変えたいと思っているのか、考えかけてはやめ、和彦がいったいどういう人間で、家族がいるのかいないのか、そのことを見さだめようとしないいままこれまできたのは自分のなかになにかを恐れる気持ちがあったからではないか、と考えたところで眠気がまたやってきて、いつのまにか眠りこむということをくり返していた。

そのあとしばらく、桂子は和彦とのセックスに没頭できなくなった。ベッドに設置されていた小さなマイクは、繋《つな》がれないコードの先に埃をつけてそのままそこにあるはずだった。録音する性癖のある和彦が、ベッドにこういう仕掛けをすることは驚くべき事態ではないのかもしれない——そう考えてみる。蝶《ちょう》の採集に凝るひとが景色には目もくれず捕虫網をふりまわし、登山愛好家がひたすら足もとを見ながら黙々と山を登り、園芸好きがこうじて温室で洋蘭《ようらん》ばかり栽培するようになるのと、たいしたちがいはないだろう。そう思ってはみても、いつ誰と、という疑問は片づかない。マイクのことを忘れるほどのセックスがよみがえってくれば、と期待してみても、そうはならなかった。あったものがなかったことになるはずはないのだ。

そのまま桂子の不調はつづき、和彦にどうしたのかと問われるほどになった。寒くなるとしばらく調子がくずれるからと口から出まかせを言い、桂子は和彦の戸惑いをかわした。

そして、初めての雪が降った。


桂子の視界には、降りしきる雪と、それを一定の間隔で払いのけるワイパーと、白い景色の前方に伸びている知らないクルマの轍だけがあった。あらたな雪がそのうえにうすく積もっても、二本の筋はどこまでも消えずに伸びていた。

訊《き》けば、和彦は答えるにちがいない。家に来ていたのは誰なのか。その誰かは、過去の時間のなかに埋もれているのではなく、すぐ近くにいて、息をして、たったいまクルマを運転し、どこかへ行こうとしている。その誰かは、和彦とひと晩おなじベッドにいたかもしれないのだ。桂子はそこで、ほんの二日前に、裸で横たわっていた。

それが誰なのかによっては――誰であったとしても、もう和彦の家を気ままに訪ねることはできなくなる、と桂子は思いはじめていた。

林道が国道に合流するところにやってきた。轍は国道を右折していた。枝留方面に向かっている。桂子は国道の手前でクルマを停め、ワイパーもとめ、息をととのえようとした。ハンドルに顔をふせ、目をつぶった。鼓動が聞こえ、エンジンの音が聞こえた。自分には仕事がある。これから六十二通の郵便と、五つの小包とひとつの現金書留を配達し、年賀状の販売とお歳暮の受付をしなければならない。顔を起こし、腕時計を見た。すでに十五分以上も予定外の時間がすぎていた。

もういちど深呼吸をした。フロントグラスは真っ白になっている。ワイパーをかけると、真っ白だった視界が異様なほどクリアになった。そこへまた、結晶のかたちがはっきりと見える雪があたり、滑りおちて、視界から消えてゆく。桂子は左にウインカーを出した。サイドブレーキをはずし、ハンドルを左へ回し、アクセルを軽く踏み、国道に出た。タイヤの跡のない白い道と、雪の降りしきる白い光景だけが、桂子を迎えようとしていた。

クリスマスの前夜、和彦はローストチキンと根菜のロースト、カリフラワーのスープ、ポルチーニのリゾットを用意して、桂子を家に呼んだ。桂子はオンラインショップから取りよせたアランセーターを白い箱にいれ、幅広の赤いリボンをかけ、プレゼントした。食後に、アラスカ、フェアバンクスの犬ぞりレースを聴き、マンハッタンのロックフェラーセンターで行われたクリスマスツリー点灯式を聴いた。カウントダウンと点灯の瞬間の大歓声、スケートリンクに特設されたステージで歌われるゴスペルのクリスマスソング。金色のプロメテウス像のうしろに吹きあげる噴水。子どもたちの歌声。

子どもたちの歌声が、桂子のなかにあるものを動かした。はずれなかった蓋《ふた》がはずれ、行方不明だった鍵《かぎ》が見つかり、思いだせずにいた固有名詞が浮かぶように。

その夜、いつもよりなにかがうまくかみあい、桂子のなかでかたくもつれていたものがほどけてゆく感覚があった。裸に毛布をかけたまま天井を見あげていると、訊こうとして訊けないでいたことが、そのまま口からこぼれでるように言葉になった。セックスの最中の音を録音したことはあるのか、と。和彦はあっさり答えた。

「あるよ。でもね、音だけ聞いても、なんだか滑稽《こっけい》なものなんだ。だから録音は消してしまった」

和彦が認めたことと、なんの釈明もなく「滑稽」という言葉で片づけたことに桂子は虚をつかれた。すぐに言葉が出なかった。毛布を自分の首もとまで引きあげた。せっかくさりげなく訊くことができたのに、自分のなかに迫《せ》りあがってくる感情をコントロールできなくなっていた。なにかのスイッチが、カチリと入ったのがはっきりとわかった。

「誰と？　ここで録音したの？」

桂子の堅い口調に、和彦はわずかにひるんだ顔をしたが、頭のうしろで両手を組んだ。顔が肘《ひじ》で隠れて見えなくなる。冷静で、しかしどこか開き直った声が肘の向こう側から聞こえる。

「ああ、ここでだよ」

そう言って和彦は黙った。桂子は「誰と？」ともういちど言った。

「誰って、そんなことはもう忘れたよ。ぼくはあなたがこれまで誰と、どんなセックスをしてきたかなんて、いちいち訊いたかな。なんでそんなこと、答えなきゃならないんだ」

苛立ちを隠さない声だった。桂子は毛布をさらに引きあげて顔のうえにかけた。自分からはじめた話だったのに、これ以上もう聞きたくなかった。毛布一枚を通して、頭の上から声が聞こえた。

「これまで生きてきたことのあらいざらいを、いちいちぜんぶ思いだして、ひとつ残らずあなたに伝えないといけないのか？　いまここにいて、いま目の前にいて、となりにいるおたがいがすべてで、どうしていけないんだ」

桂子は男が声を荒らげるのが何より嫌いだった。なぜ反論しようとするとき、冷静になろうとせず興奮するのか。怒りと情けなさに全身をひたされそうになり、桂子は毛布をはいで顔をだすと、ひんやりとした空気を吸った。和彦は自分の語気の強さをもてあましたのか、しばらく黙っていた。桂子は和彦の興奮に同調しないよう、静かに話した。

「わたしは、これまでのことだって知りたい。いまのこの瞬間は、とつぜんここに現れたわけじゃないでしょう。あなたにも子どもだったときがあって、わたしだって子どもだった。それからいろんなことがあって、そのうえにいまがある。いまっていうのは、経験と記憶のうえに、たよりなくのっかっているものだから、ときどきはふり返って、自分はどうしていまここにこうしているのか、考えてみたほうがいいんじゃないの。

これまでにあったことをぜんぶ聞きたいなんて言ってない。あなたのなかに残ってる記憶とか、感情とか、かたちのさだまらないままでいいから、なにかの折りに少しずつ聞かせてほしいだけ」
和彦はそのままずっと黙っていた。桂子は和彦の胸に自分の右の耳をおしつけるようにした。肌ごしに聞こえてくるのは、和彦の呼吸音と心臓の音だった。とげとげしく昂《たか》ぶっていたものが、しだいにおさまってゆくのを桂子は感じた。録音については、もうどちらも触れなかった。

和彦と桂子はそれから毎日のように会い、食事をし、ベッドルームでからだをならべ、からだを重ねた。いつのまにか、桂子の家のまわりも和彦の家のまわりも、根雪にかこまれるようになっていた。音が雪に吸いとられ、自分の呼吸や拍動ばかりが耳につく。チェロキーのとなりに、ほかのクルマの轍が残されているのを見かけることはなかった。

まとまった雪が降るたびに、村の幹線道路はもちろん林道にまで除雪車が入る。スタッドレスタイヤをはいていれば、誰もチェーンなど巻いたりしないことに桂子は最初おどろいたが、たしかにその必要はなかった。雪道への慣れもあるだろうが、とにかく雪が粉のように軽いのだ。ハッカ油の工場の出入口ではシャベルではなく枯葉を吹き飛ばすブロワーを使って除雪作業をしていた。一日の最高気温が零度をこえないから、雪は溶けて凍ったりすることがない。桂子は自分の家の裏手の吹きだまりの表面に、雪の結晶がそのまま残っているのを見た。

小学校の校庭のスケートリンクで、村の子どもたちが授業時間や放課後に、そして週末になれば終日、リンクの上をぐるぐると滑っていた。桂子が中学生だったころと同じように。子どもたちが思いきりからだを動かす姿を見るのは秋の運動会以来のことだった。カチッカチッというブレードが氷にあたる音と、わずかに氷を削りながら滑ってゆく固く長い音が、子どもたちの声といっしょに流れて動いてゆく。その歓声から遠ざかるにつれ、耳が遠くなったような静けさにふたたび安地内村はつつまれる。道路も建物も木々も畑も、あらゆる景色が白に覆《おお》われ、その白い光景があたりの音をつぎつぎに吸いとってゆく。

和彦の音のコレクションに、雪の安地内村はふくまれているのだろうか。桂子にとって馴染《なじ》みつつある音の光景だったから、説明をせずに聞かされても、言い当てられる気がした。

大晦日《おおみそか》と正月は年賀状の仕分けと配達で忙しかったので、年越し蕎麦《そば》と数品のおせち料理は和彦が準備してくれた。桂子は黒豆だけ煮た。お雑煮は日替わりの交代でつくった。

透明な氷にふちどられた湧別川の両岸が、きらきらと輝いている。零下十度を下回る日がめずらしくなくなっていた。発電小屋のなかは冷凍庫のなかのように冷えきって、晴れた日は外にいるよりも寒いほどだった。家と発電小屋のあいだの道を和彦はこまめに雪かきする。大雪が降った日以外は、風で吹き寄せた雪を竹箒《たけぼうき》で掃きだせば、道の確保はさほど大変ではなかった。朝と昼、そして日没前に少なくとも一回ずつは発電小屋に行き、計器のチェックをし、フランシス・タービンの音を耳でたしかめ、帰りに雪を掃きながらもどってくる。

林道の向かいにあるヘッドタンクの建屋までの雪かきも怠らなかった。和彦に脂肪のたるみのようなものがまったくないのは、こうしてからだを使う作業を日常的にこなしているからなのだと桂子はあらためて思った。冬ばかりではない。夏は敷地全体の雑草刈りがあり、芝も週に一度は刈ってととのえ、秋には落ち葉を掃き集める。自然のなかで暮らすためには家のまわりを維持する作業があれこれと必要だったが、和彦はいっさい手を抜かない。それは自分を守るためにも必要なことなのかもしれなかった。

年が明けて二度目の日曜日の朝は、零下二十度までさがった。桂子の家の北の窓には、外気温計が貼《は》りつけてあった。空は快晴だった。低い太陽の光を受けて、きらきらと漂うようにダイヤモンドダストが流れていた。桂子はその微少な光の粒のなか、和彦の家までクルマを走らせた。和彦の家も発電小屋もダイヤモンドダストに包まれている。クルマを降りると、頬の表面がつっぱるような乾いた冷気と小さな粒がはかなく当たるようなかすかな感触がある。雪よりも硬質で、雪よりも無機質に見えて、手のひらを空に向かって差しだしても落ちてくるものを確かめることはできなかった。

和彦と桂子は午前中をベッドルームで過ごし、昼には蕪《かぶ》とネギのクリームスープ、ホウレンソウとベーコンのパスタを食べ、「ポーギーとベス」の三幕目だけを聴いてから、ふたりでヘッドタンクの建屋の様子を見にいった。

雪におおわれた坂道は桂子にはまだ恐ろしい。足を滑らせたら、林道側に転げ落ちてしまいそうな気がする。きれいに雪かきがしてあり、アイスバーンにもなっていないのだから、よけいな心配とわかってはいたが、桂子は和彦のうしろを一歩一歩用心深くのぼっていった。

建屋のドアは吹きつけた雪で白くなっていた。和彦は雪のかぶったドアの錠を手で払い、鍵を開けて、なかに入った。勢いのある水の音にいつもと違う硬質な音が加わっていることに気づく。同時に、パレットに流れこむ水の様子が目に入る。水にまぎれるように氷のかけらやシャーベット状のものが流れこんできている。

「氷？」

「うん。今日ぐらい気温がさがると、こうやってシャーベット状の氷が入ってくる。そのままにしておくと、ゴミ除《よ》けのスクリーンで氷がせきとめられて、下手をするとパレットから水があふれるし、つぎつぎに凍りついて大きな塊になることもある。水量が足らなくなれば、フランシスが正常に回転しなくなって、自動的に緊急停止してしまうんだ」

和彦はそう説明しながら、除塵機《じょじんき》を手動に切り替えた。たまりつつあった氷のかけらが鉄の櫛《くし》状のシャベルのようなものでひきあげられて、ざらざらという音を立てながら排出されてゆく。「一時間おきに自動で動く設定にしてあるから、わざわざ来なくても大丈夫なんだけどね」いったんきれいになったパレットに、導水口からつぎつぎと、できそこないのちいさなパンケーキのような氷がすべり出してくる。

「川が凍ってしまって、水が流れなくなることはあるの？」

「それはない。これだけ勢いがあるからね。氷が張るのは川岸の縁のあたりだけだよ。でもいまみたいに寒くなると、表面に氷が浮くようになる」

作業を終えて建屋から出ようとしたとき、林道をやってきたクルマがあった。灯油のタンクローリーだった。桂子は和彦の腕を咄嗟《とっさ》に引き、「あのクルマが行くまでここにいて」と急いで言った。和彦はなぜかと問わないまま、建屋の内側にもどった。

窓から見下ろしていると、和彦の家の前で停車したタンクローリーから、立木が降りてきた。家の外にある灯油タンクのふたをあけ、給油ノズルを差しこんでいる。桂子は首筋をつめたい手でつかまれたように感じ、首をすくめた。立木がここでこうして給油しているのをはじめて見た。

桂子の青いクルマは目立つので、いつも和彦の白いチェロキーのうしろへとまわり、川に面した庭の芝との境目までバックしてとめることにしていた。こうすれば、林道を通るだけのクルマの視界に青いクルマが入る可能性はだいぶ低くなるはずだったが、気休めといえば気休めだった。

立木のタンクローリーはゆっくりと発進し、まもなくふたりの視界から消えていった。

和彦はなにも言わなかった。ふたりで坂道を降りてゆく。視界の先に、和彦の白いチェロキーがある。そのうしろに、桂子のクルマの青い色がわずかにのぞいていた。たぶん気づかれずにすんだのではないかと思うが、わからない。

年賀状の当選番号が発表になり、引き替え手続きの山を越えたころ、局長が「ちょっといいかい」と声をかけてきた。桂子は自宅で昼食をすませ、局にもどってきたところだった。

「まえに話した旭川のことだけど……どうだろう」

局長はおだやかな声で切りだした。いつか訊かれるだろうと思って胸のうちに用意してあった言葉を、桂子はひとつひとつ差しだすように言った。

「ありがとうございます。お気にかけてくださって、ほんとうになんと言えばいいか」

桂子は頭をさげた。

「わたしは安地内が好きなんです。こうしてやっと来られてからまだ一年も経っていません。自分がこれからどうやっていくのか、このままでいいのか、考えることもあります。局長がおっしゃったことも、ずっと頭に残ってます。旭川の先生のお話は、正直いって、もしそういう方とご縁があるのなら、と考えないわけではありませんでした。こんな機会はもうないかもしれませんけれど——でもまだしばらくは、せっかく与えられたこの仕事をちゃんと続けていきたいんです。もう何年かはここにいて、働いて、その先どうしたいのかを考えたいと思ってます。それまではここで働かせてください。よろしくお願いします」

桂子は話が途中で途切れないように、じっくりと話しきるようにして言った。そして局長にむかってもう一度、頭をさげた。

「そうか。よくわかった。残念だけど、これぱっかりは無理に進めるわけにはいかないからね」

局長は一拍おいて、また桂子の顔を見ると、今度はにこやかにつづけた。声はいちだん小さく、低くなった。

「私にまで聞こえてくるような噂というのは、もうずいぶん広まっているものだと思ったほうがいいのかもしれない。どうもね、撫養さんのことをずっと注目していて、いつどこに行ったかとか、どこで見かけたかとか、言いまわっているやつがいるらしいんだよ。あなたは独身なんだし、余計なお世話なんだけど、そういうやつは大げさに言う。憶測で、あることないこと、どっちかと言えばないことをよろこんで言うからね、それだけは、ちょっと気をつけたほうがいいかもしれないよ」

桂子はなるべく笑顔を崩さないようにしながら局長の話を聞いた。局長がこれほど言うのだから、安地内のひとたちはいろいろ桂子のことを、つまり和彦の家に出入りしていることを噂しているのだろう。

郵便局がいちばん大事にしなければいけないのは信頼で、ポストに入れた郵便や窓口で預けた小包が確実に相手に届くこと、八十点や九十点ではだめで百点が当然で、預ける人間に信頼がおけるかどうか、つねに見定められている。自分をたんに窓口の人間、配達の人間にすぎないと思っていては、利用者の信頼にはとても応えられない──局長はおりにふれ「信頼」という言葉を使う。つまり桂子のように、ひとりで東京を離れ、週末になると村のはずれに住む男の家に通うような女は、郵便局員としては信用がおけない、ということになるのかもしれない。

背が伸びたわけでもないのに、真冬になってから制服が窮屈に感じられた。そのうえに防寒コートを着るから、さらに全身がごわごわする。冬は好きでも、郵便配達の仕事に限っていえば、夏のほうがはるかに自由がきく。手袋をしたまま薄い郵便物を配るのは難儀だし、書留の判子をもらうときなど、手袋の置きどころに困ることもある。めんどうになって手袋をしないでいれば、とたんに痺《しび》れたように手がかじかんで、冷えきったハンドルを握れなくなる。

中学生のころ無邪気にたのしんでいた雪は、いまの仕事の目で見れば、悪気のないさまたげともいえるものだった。

家の玄関脇《わき》にポストがあれば問題ないのだが、少し離れたところに設置されていたりすると、大雪の翌日など、玄関からポストまでの雪はよけてあっても、配達車からポストまでのアプローチには新雪が厚く積もっていて、長靴で踏みしめながら自分でルートをつくらなければならないこともある。ひどいときは、ポストへのアプローチ一帯に除雪作業をした雪が山と積まれてしまい、とてもたどりつけないという笑えない事態もおこる。

　ポストの蓋がきちんと閉まらず、雪が吹きこみ放題の家もあった。新しくなさってはどうですかと一度は声をかけ、ポストの商品チラシを手渡したが、悪いけどいまそういう余裕はないからと、浅木屋で働いている姿を見たことのある中年の女性に苦笑いしながら断られた。とはいえそのままポストにほうりこめば雪まみれになってしまうから、桂子はこの家の郵便物をビニール袋に入れてから局を出ることにした。

　毎日、雪のある光景のなかにいると、雪がなかったときの安地内村が遠いまぼろしのようだった。歩いている白い大地のしたに黒い土がひろがっており、場所によってはなにかがそこで冬眠している。和彦のいうとおり川が凍りつくことはなかった。雪が絶え間なく降りかかる零度にちかい水のなか、川に棲《す》む魚は冬眠もせずに生きていた。

　寒いということは、桂子にとってきわめて具体的なことだった。たとえば暖房費は東京の三倍以上かかっていた。預金通帳の灯油代の引き落とし額を見れば、冬がいい、雪がいい、とばかり言っていられない気持ちが頭をもたげてくる。週末、朝から和彦の家にいるあいだは暖房を使わないですむと思ったが、夜遅く、吐く息が真っ白になるほど冷え切った家に帰るのに耐えられなくなり、留守のあいだも暖房を低くつけっぱなしにするようになった。

ガソリンがあと五分の一しか残っていなかったので、桂子はスタンドに寄ることにした。立木が運転席に近づく。桂子はウィンドウをおろしてカードを渡し、「満タンでおねがいします」と言うなりまたウィンドウをしめようとした。

立木は弟に向かって「レギュラー満タンはいります」と大きな声をかけた。それから真っ白な息を吐きながら言った。

「寺富野さんと親しいんですか」

弟が走って近づき、給油バルブを引き下ろす。立木は「窓をお拭《ふ》きしますか?」と言い、桂子は「けっこうです」と言う。

「あの人、枝留に奥さんいますよ」

桂子はハンドルを強く握りなおし、立木から顔をそむけ、フロントグラスを見つめた。もちろん桂子は、なにも見てはいなかった。

「ひとりでここに来て五年になるけど離婚はしてない。それに、枝留に旦那《だんな》のいる女が、平日のひるひなか、発電所の家に通ってきてる。寺富野って男はよっぽど無神経か、それともそういう遊び……」

遊びという言葉のつづく先を迫りあがってきたウィンドウがさえぎった。立木はレジに向かった。雪のタイヤのあとは、その「旦那のいる」女性だったのか。ふたつの線が枝留方面に右折していたことを、自分の視覚の底に轍が残されているように桂子ははっきりと思いだす。頭のなかがショートして、聴覚にまで膜がかかったようになっていた。

立木がカードを持ってもどってくる。ウィンドウが下りない様子を見てとると、帽子に手をやり一礼してから右側のドアをあけ、「三十二リッターはいりました。ご確認のうえサインをお願いします」と言った。クリップボードもボールペンも、氷のように冷たかった。

二月最後の日曜日。シベリアから南下してきた勢力の強い低気圧が道東地方を広く覆いはじめていた。安地内村には早朝から大雪警報が発令されていた。長らく東京で暮らしてきた身には大荒れの天候だったが、枝留にいた中学生のころにもどれば何度か経験したことのある大雪だった。

夕方までに三十センチを超える積雪が予想されていた。大雪のなかクルマでの行き帰りには心配がないわけでもなかったが、帰れなくなったらそれはそれでかまわないと思い、桂子は和彦の家に向かった。

フロントグラスのワイパーを最速にしても、際限なく吹きつけてくる雪にはおいつかない。結晶のかたちが目に映る間もなくつぎつぎに雪がぶつかってくる。スピードをいつもの半分以下に落として慎重に運転していても、カーブを曲がる瞬間、後輪がわずかに横滑りするのがわかった。

日曜日のせいもあるのか、村の中心部を出るまでは一台のクルマともすれ違わなかった。そのかわり、気の早い男たちが何人か、屋根にあがって雪おろしを始めているのを見た。白い雪景色のなかを走る桂子の青いクルマが、行き先を噂されることもあるのだろうか。桂子にはもうそのことはどうでもよくなっていた。

それでも、大雪のなかクルマを走らせている自分がどこか愚かしく思え、誰に見せるのでもない曖昧《あいまい》な笑いが自然に浮かんだ。その隙をつくようにクルマが轍を外れ、スリップしそうになる。桂子はいったんブレーキを踏み、しっかり前を見てハンドルを握りなおし、轍からタイヤが外れないように体勢を立て直して、ふたたびアクセルをだましだまし踏んでゆく。

和彦はひとりで屋根にあがり、おおきな除雪用スコップを使って雪おろしをしていた。オレンジ色のダウンパーカが雪で白くまだらになっているのを見て、桂子はため息をついた。家のまわりに落とされた雪が、もともとあった根雪のかさをさらにあげて、窓の高さに迫るほどになっている。家は半分ほど雪に埋もれて見える。

ボンネットもルーフも真っ白になった桂子のクルマにうながされるように、和彦は梯子をゆっくりと降りてきた。桂子はクルマのドアを閉めながら、「ひとりで雪おろししないで」とおおきな声をかけた。蛍光グリーンのピオレットジャケットのフードをかぶると、雪があたってさらさら音がする。

「わかってる。だけどこの家は平屋だし」

「一階だって落ちかたが悪ければ骨ぐらい折るわよ」

「うん……わかった。とにかくなかに入ろう」

玄関に入ってドアをしめると、ジャケットやパーカのこすれる音だけがした。どちらからともなく腕が伸び、抱きあった。冷えきった鼻先をおたがいに押しつけあうようにキスをする。つめたくて、あたたかい。鼻でする息が深くなりかけたとき、和彦は唇を離した。

「こんなに冷えきってたら、なにもできないよ。まずはあったかいものを食べよう」

ふたりはスノーシューズを脱ぎ、雪を払ったパーカを玄関の壁に並んだペグにかけて、部屋にあがった。

透明なあぶらの浮く鶏《とり》のスープに、つるりとした稲庭うどんと、短冊に切ってさっと茹《ゆ》でたたっぷりのネギ、そのうえにこまかく刻んだ万能ネギをこちらもたっぷりのせる。食べるまえに黒胡椒《こしょう》をガリガリと挽《ひ》く。肉のひと切れも姿はないのに、鶏肉がそこにあるような、濃いようであっさりとした澄んだうどんが、ふたりのからだをたちまち温めてゆく。

麺《めん》を食べ、塩味のスープもまるまる飲みほして、からだの芯がゆるんでくるのを測るように目を閉じた和彦は、食べ終わってしばらく、ただ黙っていた。

和彦の真似《まね》をして丼《どんぶり》のスープを飲み干した桂子は、目を落としたまま、局長にお見合いをすすめられたの、と呟《つぶや》くように言った。言うつもりはなかったのに、口からさきに言葉がでていた。

和彦は驚いたそぶりも見せなかった。表情から読みとれるものは、なにもない。あたたかいものを食べたせいで鼻水が出てきた。桂子はティッシュをひきぬき、鼻をかんだ。

「でも、断った」

なにも言わずに立ちあがった和彦は、氷のように冷たい水道の水をコップになみなみと入れ、そのままゆっくり頭をうしろにそらせながら飲んだ。桂子は丼を洗いはじめた。

ベッドに横になってまもなく、和彦は裸のままふいに起きあがり、寝室の川側のブラインドと、山側のブラインドを、ひとつひとつ順番にすっかり巻きあげていった。桂子は毛布を首まで引きあげて、和彦の動作を目で追った。窓の外はいっそう勢いを増した吹雪だった。ふだんは薄暗いばかりの寝室の天井が、雪の白さに照らしだされて、見たことがない明るさにさらされている。ベッドの両側に、横長に切りとられた雪の降りしきる光景がひろがった。雪の音も、風の音も、ここには届かない。

ベッドにならんで横たわったまま、ふたりは黙って雪を見ていた。足が指している方向、北の空から、ふたりに向かって雪が吹きおろされてくる。山側の窓にはしきりに雪があたり、川側の窓にはほとんど雪はあたらない。

雪の動きを見ているうちに、この家が舟ででもあるかのように感じられてくる。北に向かう川に浮かんだ舟が、大雪のなか、流されてゆく。

和彦は毛布をしずかにはぎとり、桂子のからだに手をのばし、顔を近づけた。桂子は窓を見た。

「ブラインド、開いたまま」

「いいんだ」

「見えるでしょ」

「こんな雪の日に、誰も通らない」

「除雪車は」

和彦は可笑《おか》しそうに言った。

「だいじょうぶ。このあたりの除雪車の運転手は、中学の後輩なんだ」

桂子もつられて笑った。

「なにがだいじょうぶなの？　困るじゃない」

「困らないよ」

「どうして」

「いいんだ」

和彦の唇で桂子の唇がふさがれる。桂子は和彦の背中に腕をまわし、やわらかく抱きしめた。和彦はいつもよりおおらかに動いた。あかるさへの躊躇と、和彦の動きへのとまどいが、いつのまにかあらたな感覚へと裏返される。

ときおりからだの向きが変わると、桂子はうすく目をあけて、窓を見た。雪がふたりを見ていた。数えきれない雪だけが、ふたりがここでこうしていることをみとめている。

桂子は目を閉じた。目を閉じてもなお、桂子の耳や、目の奥ふかくに、雪は降っていた。

春はまず空からやってくる。

あれほどどっしりと不動に見えていた冬が、四月の半ばをすぎたところで急速に力を失い、安地内村の上空から流れるように去っていった。抜けるような青空でもなく、雪を生むぶ厚い雲でもない、かすみで薄ぼんやりした白く明るい空が広がるようになった。

日によっては、夜になっても気温が零度を下まわらないようになるけれど、白い雪の残る地面はまだじゅうぶんにひえびえとして、ひなたで溶けかかった雪を明け方にふたたび凍らせては、季節をなんとか逆まわししようとするように、道のそこここにアイスバーンを残す。雪の結晶のはかなさとは正反対の、ニヤニヤ笑いをしているかのような、叩《たた》いてもびくともしないつるつるとした凍結のかたまり。雪になれた人でも、こういう季節の移り目には足をすべらせ、腰をしたたかに打つことになる。

しかし春が近づいたしるしと感じるひとたちは、転んで痛い思いをしても、はねた泥で長靴が汚くなっても、機嫌がいい。郵便局を訪ねてくるお客さんの数もふえ、春になれば人が動くというのはほんとうのことなのだと桂子は気づく。人間もなかば冬眠していたのだ。

五月になると、雪は谷間の北の日陰にわずかに残るばかりとなった。黒々とした土が日光の熱をたくわえ、地面や木々の枝から、おそるおそる様子を見るように、白っぽいものやほんのりと赤いもの、淡い緑のものが顔をのぞかせはじめる。快晴で気温がさがった日の朝、桂子は郵便配達のクルマを運転しながら、畑の地面からいっせいに白い湯気のようなものが立つのを見た。零下二十度でダイヤモンドダストになり横へ横へと流れたはずの水蒸気が、太陽にあたためられた地面から上空に向かってたちのぼる。五月の半ばには、緑の小さなかたまりだったものが葉のかたちにまでひろがり、地面からわずかに頭をだしていた芽が一本の茎状のものとなり、黄色や白、青や桃色の花びらをひろげはじめる。

いざ冬が去ってしまうと、桂子は太陽にさらされた黒い地面をこそ、ほんとうの現実と思うようになる。雪がまぼろしになってゆく。

「春になったわね」

久しぶりに御法川さん宛の小包を届けた。両手で受けとって脇にそっと置くと、御法川さんは桂子の手をたばねるようにして笑顔で言った。

「お元気だった？」

「はい。元気です」

「こんな寒くて長い冬に閉じこめられているくらいなら、冬眠していたほうがましって毎年思うんだけど……あなたもたいへんだったわね」

御法川さんは桂子のてのひらを両手でぽんぽんと叩いた。

「冬眠ってね、いったん死ぬこととなのよ。引きかえしてこられるし、行ったきりでは終わらないけど、でも死ぬこととだいたい同じ。だから春に目覚めたクマには、秋のクマとは別のたましいが入っていることがある。選手交代ね。季節がひとめぐりするのって、それぐらいおおきなことなのよ」

御法川さんの話が腑《ふ》に落ちるのが不思議だった。

「だから、死ぬんだったらちゃんと死ななきゃだめ。シマリスを冬眠の途中で起こしてしまうと、覚めてもやがて死んでしまうことがあるのよ。――あなたは冬眠中にいちど、起こされたみたいね。かわいそうに。でも、あなたはクマでもシマリスでもないから心配いらないわ。ただね」御法川さんは桂子の両手をつよく握った。「無理をして起きあがろうとは絶対にしないこと。どんなにおおきな音がしても、どんなに揺さぶられても。それにだまされてはだめ。ほんとうの音をきくようにこころがけなさい」

桂子は御法川さんのことばの輪郭にからだごとつつまれたように感じ、帰りのクルマを運転しながら涙があふれ、とまらなくなった。ハザードランプをつけ、路肩に寄せてクルマを停めた。自分が泣いているのを、知らない人が現れてここで泣いているかのように感じ、それを不思議な気持ちで見ていた。

和彦との関係は、終わらずにつづいていた。なぜつづいているのかを正面から考えそうになると、桂子はいつもスイッチが入ったように同じことをはじめる。自分の家ではもちろんのこと、和彦の家でも台所に立って料理をつくりはじめるのだ。包丁を使い、火を使い、油を使うことは、目の前の食材におおきな変化を与えることだった。食材はもとの姿を変え、あたらしい匂いを立てる。

料理がおいしくできあがれば、和彦はそれをよろこんで食べた。週に少なくとも二日、昼ごはんと夕ごはんをつづけてふたりで食べることは、裸で抱きあうことと同じくらいだいじなことだと桂子は感じていた。

週末ごとに会う関係をやめなければならない理由があるとすれば、それは桂子の外側にも、内側にもあった。和彦は妻と別居して長い時間が経過している。妻が離婚を受けいれないためだろうが、そこに桂子のあずかり知らない理由があったとして、それを自分が知ることでなにかが変わるかといえば、変わらない気がした。

しかし、枝留からやってくる桂子の知らない女は、別だった。顔も名前も知らない誰かが、桂子とおなじようにベッドに横たわり、ダイニングキッチンで料理をし、和彦とテーブルでむかいあって食事をしているとしたら。

そのとき桂子は、和彦の家に最初に招かれたときに同席した夫妻があれから一度もあらわれていないことに気づいた。

カリフォルニアに留学していたときに知り合ったふたりは、横浜から枝留に移り住み、投資とその運用だけで食べている、と言っていた。紅茶をのみながら口にした、夫人がつくってきたアップルパイの食感や香りがよみがえる――あのとき桂子が好ましく感じたのは、夫よりも妻のほうだったかもしれない。

アップルパイの食べかたに遠慮がなく、しかもきれいで、食欲を隠そうとしない率直さがあった。声も、澄んでいた。低くも高くもなく、目の前にいる誰かしらの耳におのずとつよい印象を残すような、つややかさがある。手洗いに立った夫人のうしろ姿を、桂子は追うように見ていた。あわせ鏡で見る自分の背中のあたりと、いま思えばどこか似ていた。

　和彦がパイを切り分けて皿にのせ、夫人に手渡したとき、あいたカップに熱い紅茶を注ぎたしたとき、夫人が「ありがとう」と言って和彦を見た横顔の、近しさをそのまま伝える表情をうらやましく感じた。桂子の目の裏に、ふたたびその光景が浮かびあがってくる。

　自分がまだその輪のなかにいたわけではなかったから、親しい友人関係のあらわれとばかり思っていたが、疑いをもって記憶をさかのぼると、和彦と夫人のやりとりのひとつひとつが別の色調をおびはじめる。

　桂子はオックステールのシチューをつくろうとしていた。頭のなかによみがえる映像を見ながらたまねぎを切り、人参《にんじん》を切る途中で、左手の人差し指の脇を包丁で傷つけてしまった。

　小さな傷口に、みるみる血の玉がふくらむ。

　桂子は指を口に入れ、バンドエイドの入っているはずの引き出しを開けた。和彦はオーディオのケーブルをあたらしく交換する作業に熱中していて気づかない。桂子はバンドエイドの包みを剝《む》きとって、手早く強めに指に巻きつけ、しばらく心臓よりも高い位置にかかげて出血がとまるのを待った。指先がじんじんする。

どうしても名前が思いだせない。

自分たちのようにめずらしい名前ではなかった。だから、かえって思いだせないのか。

バンドエイドを強めに巻いた指で桂子は料理を再開した。料理の手順は手が覚えている。人の名前は頭のなかにしかない。忘れてしまえば名前は消える。頭のなかの言葉はなんとあやういものだろう。

それから十日ほどして、桂子は思わぬときにその名前を思いだした。茶色のワックスペーパーで包装され、たこ糸で厳重に縛られた小包が、また寺富野和彦宛《あて》で局に届いた。差出人の名前が長谷川徹となっていた。長谷川だ。桂子がはじめて和彦の家に来たときに「長谷川です」と言った夫の声がよみがえった。

桂子はそれを和彦に届けた。和彦はこの前のときのようには驚いた顔を見せなかった。しかし、あまりに関心のないそぶりに、かえってこの小包には相応の意味があるのだと桂子は悟った。

あのときの長谷川夫人を、ひとりで、和彦はこの家に迎えいれていたのだ。

そして夫は、そのことを知っている。

薄くやわらかく小さな緑が、枝の先々に顔を出していた。桂子は和彦の家に向かっていた。川を渡り、林道を走るのはいったい何度目のことだろう。和彦にはじめて荷物を届けたのもこの季節だった気がする。もうはるか昔のことに感じた。

林道の左手に家が見えてくる。そのとき桂子は一台の見慣れない軽自動車が和彦の家の前で奇妙な動きをしているのに気づいた。バックで切りかえしながら方向を変えようとしているのに思うようにならない、と見えるようなぎくしゃくした動きだった。桂子はクルマのスピードを落とした。

軽自動車は桂子のクルマが近づくのを見て、いったん動くのをやめた。そして運転手が窓から顔を出してこちらをふり返った——と思ったときにはじめて気がついた。クマだった。クルマだと見えたのはヒグマだった。

褐色とも灰色とも感じられる毛をまとったヒグマは、桂子のクルマをじっと見て、両肩を左右にゆらすようにした。そして頭をわずかにふり、ゆっくり歩きはじめた。右手の坂の上にあるヘッドタンクの建屋のほうに向かっている。

和彦が建屋のなかにいたら、と桂子は思い、クルマのなかで叫び声をあげた。そして自分の口をおさえた。下手に刺戟《しげき》してこちらに向かって来られたら、どうすればいいのか。桂子にクマのことを注意したのは局長だけだった。

「向かう先にクマが見えたら、どんなことがあっても引き返す。速達があろうが書留があろうがかまわない。もし目の前に突然あらわれたら、息をころして、ゆっくりあとずさりする。決して走ってはいけない。クマの目を見たまま、あとずさりする。絶対に背中は見せない。万が一クマが走ってきたら、運を天にまかせてうつぶせになりなさい。頭や顔は手と腕でおおうようにして。そしてできるだけ息をとめていなさい」

　この小さなクルマのドアやガラスはヒグマの一撃に耐えるのだろうか。うしろ脚で立ったヒグマが両腕でクルマを押したおそうとすれば、ひとたまりもなく横転するのではないか。こちらに関心を失ったように、ヒグマは建屋に向かってゆっくりと坂道をのぼってゆく。入口の前でとまると、しきりに頭を下げたり上げたりをくりかえしている。そしてふいにうしろ脚だけで立ちあがり、ドアを叩くようにした。爪《つめ》がなにかにあたり、こすれるようないやな音がする。桂子は思いきりクラクションを鳴らした。長く、強く。手を離す。クマが動きをとめ、桂子のクルマを見た。もう一度、長く、強く、クラクションに全体重をかけるように両手で押した。

　左手の母屋《おもや》の玄関が開いた。和彦だ。桂子はクラクションを短く続けて鳴らし、坂道の上の建屋を右手で指さした。

クマはクラクションの音に嫌気がさしたのか、建屋に手をかけるのをやめて、背中の毛を波打たせながら左手の山肌をのぼりはじめた。びっくりするほど敏捷《びんしょう》に、木々のあいだをぬうように、斜面をななめにのぼってゆく。玄関に引っこんだ和彦は、まもなく外に出てくると、ライフルのようなものをクマのうしろ姿のはるか上方にかざした。

威嚇《いかく》射撃であることははじめてみる桂子にもわかった。銃声が聞こえた。和彦がライフルを持っていて、しかも撃つことができるとはまったく知らなかった。クラクションの何倍も大きな音がさらに二つ。クマの姿は見えなくなった。

桂子のなかから急に涙があふれだした。ハンドルを握ったまま顔をふせて声をあげて泣いた。ガラス窓を叩く音がした。目をあげると和彦がライフルを手に立っていた。

桂子はドアをあけ、和彦にしがみつき、また声をあげて泣きはじめた。和彦は両腕で桂子を抱きしめてから片方の手をのばし、桂子の頭をおさえ、髪を撫《な》でた。泣きながら、クマに驚いたのではなく、和彦のライフルに驚き、ライフルの音の衝撃で涙が出たのだと自分ではわかっていた。その拍子に、見ないふりをしたり平気なふりをして押しこめてきたものが、堤防が決壊したようにあふれはじめたのだ。和彦は怖がりの女が泣いていると思っているにちがいない。それでも桂子は泣くことをなかなかやめられなかった。

その二時間後の夕方、まだ日の高い時間帯に、和彦は片手に真鍮《しんちゅう》の鐘を持って左右にふり鳴らしながら、桂子をつれて坂の上の建屋を見にいった。クマの足跡が草をつぶしていた。あたりに、濡《ぬ》れた犬の匂《にお》いを何倍も強くしたような匂いが漂っている気がしたが、気のせいかもしれない。

ドアを開けると導水路からたえまなく放たれる水の音にまじって、ごとごとばしばしと何かが動く音がした。和彦が笑った。パレットのなかで銀色の光るものが動いている。ヤマメだった。しかも三匹もいた。わずかに黄味がかった銀色に、黒い指のあとが縦にいくつも並んでいるような模様のヤマメが、パレットのなかでからだを弓なりにしたり、いったん横むきになって諦《あきら》めたようにおとなしくなったり、かと思うと尾びれだけつよく打ちつけたりしていた。

「これがほしかったのかもしれないね」

和彦はそう言って桂子を見た。桂子は泣きはらした顔をゆっくり笑顔に変えた。

母屋にひきかえした和彦は魚籠《びく》と網を持ってもどってきた。

桂子はそのあいだ、ひとりで建屋のドアの外側に立ち、昔の小学校の先生のように、鐘をふって鳴らしつづけた。どこかから子どもたちが現れて、この建屋に駆けこんでくる姿があたまに浮かんだ。そのなかには、和彦と自分の子どもたちの姿もあるのかもしれなかった。坂をのぼってもどってくる和彦を見ながら、桂子は鐘を鳴らしつづけた。和彦の目が笑っていた。

その日の夕食に、三匹のヤマメを塩焼きにした。中くらいの二匹を和彦が、おおきめの一匹を桂子が、それにタラの芽の天ぷらとウドの酢味噌《みそ》あえ、コゴミのゴマよごしを添えて、炊きたてのごはんとワカメとじゃがいものみそ汁で食べた。逃げていったクマは、あれからなにか獲物《えもの》にありついただろうかと桂子は思った。

ヒグマに遭遇してから、コマ落としのフィルムを見るようなスピードで安地内村の木々の緑がボリュームを増し、光を受けて輝き、風に揺れるのが目につくようになった。

配達中に湧別川沿いを走っていると、川岸の林のなかに黒っぽい人影のようなものが見えた気がした。桂子はクルマのスピードを落とし、林がまばらになっているところでいったん停め、窓をあけた。目が覚めるような川の音。真冬とはまったく違う、どこか青々とした匂いをふくんだ風が、車内に入りこんでくる。

上流で見た人影は、やはり釣り人だった。もう六月だから釣りが解禁になったのだろう。父と同じようなモスグリーンのベストを着て、めがけた場所にフライロッドをキャストしている。腕をふりかぶるようにすると、白く見えるリーダーが水面をかすめるようにするすると伸び、フライが着水するのが見えた。

水面に浮くものがドライフライで、水中に沈ませるのがウェットフライ、そのほかにも多種多様なフライがあると父は教えてくれた。さまざまな昆虫の、さまざまな生育段階を模した疑似餌《フライ》。つくり終えたフライをフライボックスのなかに並べると、魚でなくても目を奪われる美しさだった。そもそもは効率よく魚を釣ろうとする知恵のかたちが、途中からしだいに美しいものをつくるよろこびへと変わっていったのではないか。黒曜石の道具の美しさにも、それはどこか似ている気がした。

枝留にいたころ、五月になると父は、週末ごとに食卓の半分を占領してフライをつくるようになった。色あざやかで、かたちも美しいフライがつぎつぎに増えてゆく様子を見て、そこに父のよろこびが並んでいると、子ども心にもはっきり感じたのを覚えている。

配達を終えて帰宅するとき、桂子は釣り人を見かけた場所にもどってみることにした。もちろん川には誰もいなかった。夕刻をすぎた川は、思いのほか薄暗い。

父は言った。

「黄昏《たそがれ》どきがいちばんよく釣れる。どうしてかわかるか」

桂子はしばらく考えてから言った。

「夕ごはんの時間だから、お腹《なか》がすくんじゃない？」

父は笑った。

「なるほどそうかもしれない。もうひとつ理由があるんだ。暗くなってくると水のなかの魚には人間が見えにくくなる。昼間だと明るい空をさえぎるように人影が立っているから、魚はすぐに気づく。黄昏どきは人影と暗い背景の区別がつきにくい。誰《た》そ彼《かれ》、が黄昏の語源だというのは、魚にとってもまったく同じなんだ」

桂子はクルマを停め、川に向かって降りていった。父と降りていったポイントがどこだったかは、まったく覚えていなかった。しかし足もとに気をつけながら父についてはじめて川べりに降りていったときの、わくわくした気持ちと、少しおそろしいような気持ちが、はっきりと甦《よみがえ》った。川が近づくと、風も音も、水気に満ちてくる。

川べりの大きな石に腰かけた。ここには自分だけがいる。桂子はたえまなく流れる川の、水中に動く魚影を見ようと目を凝らした。目はどうしても水面の動きにひきつけられてしまう。それでも負けずにじっと見ていると、しだいに川底あたりの石の並ぶ様子が見えてくる。動かない石。

桂子の頭のなかは、考えごとでいっぱいになっていた。しかしなにを考えているのか、自分でもわからなかった。まもなく日が暮れようとしていた。川の水が黒味をおびてくる。その薄暗い水の奥に、黒い影がふたつ、みっつと横切るのが見えた。

魚には桂子の姿は見えないだろう。

桂子にも、たったいまの自分の姿がよく見えなかった。

春から夏への転換は、梅雨のない北海道ではあっけなく、おおきな壁かけのカレンダーを右手でさっと切り離すように、すみやかにひと息で行われる。変わるのは空の青の濃さと、虫の鳴き声と、日射《ひざ》しの強さだ。

和彦のもとを訪ねてくるもう一人の気配は、どこからも漂ってはこなかった。

桂子は和彦と暮らしたいとつよく思うようになった。そのためにも、枝留に残してあるかたちだけの関係を整理して離婚してほしい——今日こそその話を自分からしようと思いながら、なかなか果たせずにいるうちに、空の青は、黙ったままさらに色濃く、まぶしくなっていった。

土曜日の午後おそくだった。

しばらくのあいだ、おたがいのからだのすみずみを唇や指で触れあって、やがておおきな波がとおりすぎると、ふたりは知らず知らず短く深い眠りの澱《よど》みに落ちていった。やがて和彦がとつぜん起きあがり、同時に桂子も目を覚ました。ベッドルームの林道側にクルマや人の騒がしい気配がある。和彦は裸のままブラインドを薄くあけて外の様子をうかがっている。

「どうしたの」

「うん、なんだろう、パトカーが停まってる」

桂子はからだを起こした。

「なに？　どうしたの」

心拍数があがり、少し声がふるえた。

「わからない。ちょっと外に出てみる。あなたはここにいていいから」

緊張を抑えたような声で言うと、和彦は急いで身じたくをし、ベッドルームを出ていった。桂子はベッドに散らばっていた下着を集めて身につけると、洗面所にいって自分を落ち着かせるように髪をとかした。

リビングに入ると、開けられた玄関ドアの向こうから、パトカーの赤い警告灯の回転する光がもれてくる。トランシーバーの声が断続的に聞こえる。何を言っているのかはわからない。和彦の声が聞こえてきた。「はい、わかりました。いま行きます。ちょっと待っててください」警官にそう言いながら玄関にもどってくる。

桂子は和彦の腕に触れながら訊《き》いた。

「どうしたの」

和彦はキーボックスから鍵《かぎ》をえらびながら言った。

「上の建屋を見たいんだそうだ」

「どうして」

「川の上流で投身自殺があったらしい」

「どうして建屋が関係あるの」

「ここに流れついた可能性があるって」

ヤマメじゃあるまいし、そんなことってと一瞬おもったが、導水路から溺死体《できしたい》が流れでてくる様子がありありと目に浮かび、桂子はからだをかたくした。

和彦が警官をしたがえて建屋までのぼってゆく姿を桂子は玄関前で見ていた。パトカー脇に立っている警官のトランシーバーから、断片的に無線を通した声が聞こえてくる。

「……繰りかえします……行方不明者の氏名はハセガワ……ハセガワトオル……はい

……そうです……カルタン橋の中央部で……はい……遺書とメガネ……これは、はい……本人のものと確認がとれております……はい了解です」

桂子はうしろから丸太か何かで強く叩かれたように感じた。和彦にはいまのトランシーバーの声が聞こえただろうか。

こちらの警官が応答する。

「こちら、えー、ただいま安地内水力発電所の小屋前です。導水路の出口の確認に向かっております」

和彦ともうひとりの警官とが、建屋のなかに入ろうとするところだった。それは和彦が逮捕される直前の光景のように見えた――アナタハコノ溺死体ノ身元ヲ知ッテイマスネ――桂子は玄関前にしゃがみこんだ。喉《のど》の奥から苦いものがこみあげてくる。そんなに都合よく、自分のからだがここに流れつくことを見越したうえで身を投げたりできるものなのか。

建屋の入口に警官が顔を出した。大きな声で、こちらに叫ぶように言った。

「発見しました」

下で控えていた年輩の警官が急いでトランシーバーに口を近づける。「こちら安地内水力発電所前です。はい、ただいま、えー、行方不明者と思われる、おそらくは遺体を確認した模様です。これから生存確認をいたしますが、救急車の手配を急ぎお願いいたします。安地内水力発電所前です」

投身自殺をして流れついたのは、隣町の伏枯に住む塾講師の男性、瀬川達《せがわとおる》、五十一歳とわかった。桂子の耳がそうとらえ、想像した長谷川徹ではない、見ず知らずの瀬川達だった。

和彦は建屋で立ち会ったまま下りてこなかった。ずいぶん時間がかかって救急車が到着し、担架と毛布が建屋に運ばれていった。もう一台やってきたパトカーから鑑識の腕章をつけた三人が降りてきて、急いで建屋にあがってゆく。カマボコ型のドームのなかに光量のあるライトが投じられ、建屋全体が見たことのない黄色になって浮かびあがった。

人違いをしていたことに気づいてから、桂子のからだは突然震えはじめ、とまらなくなった。部屋にもどり、和彦の大きなカーディガンを羽織った。オーディオの前のソファに座りこみ、冷たくなった両手を膝下《ひざした》に包みこんだ。

震えがおさまってから、桂子は玄関をあけてみた。

少し離れた林道の脇に、パトカー以外のクルマが二台停まっていた。バイクで来ている人もいた。発電小屋の前に立って、煌々《こうこう》と明るい建屋を見あげ、なにごとか小声で話している。桂子が玄関に現れると、何人かがこちらを遠慮なくじっと見つめた。桂子は玄関を閉め、リビングの窓のブラインドの隙間《すきま》から、外の様子を見ることにした。

現場検証が終わったのか、建屋の明かりが消えた。夕暮れどきになっていたので、坂の上にはまたたくまに夜の影がしのびこんできた。足もとをライトで照らす警官の誘導で、担架に乗せられた遺体が下りてくる。毛布がかけられていた。救急車のうしろが開けられて、担架ごと遺体が運び込まれ、重量を感じる音とともにドアが閉められる。サイレンも鳴らさずに警告灯だけを回転させた救急車が動きはじめた。警官が現場を引き上げると、あたりに集まっていた人びとも散り散りに帰っていった。

部屋にもどった和彦が、警察から聞いてきた話を淡々と伝えた。自室の机に遺書のようなメモを残して息子がいなくなったと、同居していた母親が警察に連絡してきたのが今朝の七時ごろだった。八十代半ばの母親とふたり暮らしで、息子は長年、持病に悩まされていたらしい。飛び降りたのは、このあたりでいちばん高いところに架かっている橋で、過去に何度か、投身自殺があった場所だという。

和彦の声は少しかすれていて、かなり疲れきった様子だった。

その夜、桂子は家に帰らなかった。

今日はどうしてもひとりになりたくないと思っていたら、泊まっていってくれないか、と和彦が言った。和彦は夕食をとらなかった。桂子はおにぎりと漬けものだけで簡単に済ませた。

「音楽でお通夜《つや》だ」

誰に言うともなく和彦は呟いた。自殺した瀬川氏とほぼ同じ年齢で亡《な》くなったピアニストのレコードを選びだし、バッハのピアノ曲を小さな音量でかけた。ふたりは聴くともなく聴き、和彦が棚の奥から引っぱりだしたアクアヴィットを小さなグラスで少しずつ飲んだ。和彦はそのピアニストが飼っていた犬についてしばらく話をした。建屋で見たことについては、ひと言も言わなかった。桂子も訊かなかった。

その数日後、親戚《しんせき》のクルマに乗せられて瀬川達の老いた母親がやってきた。背中をまるめたまま、坂のうえの建屋にゆっくりとあがっていった。和彦が案内をした。建屋のなかで線香をあげた老婆《ろうば》は、パレットに流れこんでくる水をずっと見ていたという。そのあいだ、パレットのなかには魚も葉っぱも、なにも流されてこなかった。

説明のつくようなつかないような曖昧さのなかで、お互いの関係が変わりはじめたことに、ふたりが気づくまでさほど時間はかからなかった。

役割を演じるのとはちがう気配で、ときに和彦は桂子を乱暴にあつかうみぶりをみせるようになった。桂子はなかば承知で、そこに身を投げだすようにし、これまでに得たことのない感覚に満たされることもあったが、それが続くことを望んではいなかった。そういうふるまいのあとはきまってしばらく和彦が不調になる。適当にきりあげていた酒も、あきらかに増えていた。

不調になったとき、和彦はベッドに横たわったまま、断片的に自分の話をするようになった。それはたいてい、父親との葛藤《かっとう》につながってゆく話ばかりだった。

実母は和彦が小学生のころに亡くなったこと、継母とのあいだに生まれた次男が枝留に本社のある寺富野電業の副社長になっていること、父親は次男に社業を継がせようとしていること、別居して五年になる和彦の妻の実家は枝留の土建業者だということ、次男には男の子が二人いるが、和彦には子どもがいないこと——どれも絵に描いたような、どこかで聞いたことのある話ばかりだと桂子は思った。しかし人はよくある話にこそ悩まされ、よくある話だからこそ、簡単にそこから脱することがかなわないのかもしれない。桂子は、ながらくひとりでかかえてきた和彦のなかに、しんしんと降りつもってきた時間を思った。

クルマで一時間弱という、近いとも遠いともいえないような距離のここにいることじたい、和彦を苦しめることになっているのではないか。さらに言えば、親の会社で働きつづけていることも。しかしそれをいちばんわかっているのは和彦だろう。桂子にいったいなにが言えるというのか。別居している妻との離婚が進まないのは、父親の社業ともつながりがあるのかもしれなかった。

「なにもかもうまくいかない」

ある夜のことだった。ベッドのとなりで天井を見ながら、和彦がはじめてそんな言いかたをした。桂子は和彦の顔を見ようとしたが、暗くてなにも見えない。なにもかも、のなかには、桂子とのセックスの不調もふくまれていたが、それだけでないことはあきらかだった。和彦はそれを口にすることで、これまで触れずにきたことの蓋《ふた》をとり、少しだけあけてみせたのではないか。黙って蓋をしていた部分に、桂子が踏みこんでくることを、無意識にせよ望んでいるのではないか、桂子はそう感じた。

「長谷川さんの奥さんのことだけど……」

「会わないよ、もう」

質問のゆくえを先取りし、途中で断ちきるように、ぶっきらぼうな口調で和彦が言った。

「もう……って」

「会ってないよずっと。それにふたりは枝留を出てゆく」

「そうなの」

和彦はその日、長谷川夫妻についてそれ以上、話をしなかった。

しばらくあとになってから、夫妻は留学時代に住んでいたカリフォルニアに移住したと、立木から聞かされた。

立木はそのころを境に、ぱったりとよけいなことを言わなくなった。


夏が終わり、台風が近くを通りすぎるたび、秋が深くなってゆく。

よく晴れた土曜日の午後、和彦が突然、「枝留に行こうか」と言った。何をしに行くの、と喉に出かかったが、桂子は黙って頷いて、うん、とだけ言った。

二十年以上前に住んでいた枝留の社宅は、すでに取り壊されたようだと父が言っていた。通っていた中学校はそのままあるらしい。懐《なつ》かしい町だった枝留は、和彦とつきあうようになってから、買物に行き、ＤＶＤを借りにいくとまっすぐに帰ってくるだけの場所に変わっていた。

「どこか、行きたいところある？」

和彦は淡々とした様子で言った。

桂子はしばらく考えてから、明るい声で答えた。

「のらくろ焼きが食べたいかな。のらくろ焼きを買って、智脚岩《ちきゃくいわ》にのぼって、そこで食べる」

中学生の自分だったらどうしたいだろうか、と考えたうえでの答えだった。

「ノラクロヤキ?」

「枝留中学校の西門の斜め前に、おばちゃんがひとりでやってる今川焼きの店があったでしょう。のらくろ焼きっていう」

「ああ、のらくろって、昔の漫画の。そういえばあったね。忘れてた。でもとっくに店をたたんだんじゃないかな」

「そうなの?」

桂子はあからさまに、がっかりした声をだした。和彦は緊張がとけたような顔をはじめて見せた。バスケットボール部の練習が終わると、毎日のようにのらくろ焼きに寄って、小さな店のなかのテーブルで食べた。コンビニ全盛のいま、のらくろ焼きだけでやっていくのはたしかにたいへんだろう。

枝留までの和彦の運転は、おだやかで丁寧だった。

トラックにでも乗ったような視界の高さを感じながら、白いチェロキーの助手席に乗って走っていると、父の釣りに同行して安地内から枝留に帰る暗い道すがら、「釣りだけしていられたら、いいのになあ」と冗談めかして言った父の声を思いだす。父はハンドルを握ったまままっすぐ前を見ていた。口もとは笑っていたが、目尻《めじり》はいつものように、ゆるんで下がってはいなかった。

「そうすればいいいじゃない」と中学生の桂子は言った。父は笑って、「そうすればいいか」と言い、しばらく黙ってから、「そうだな」と呟いた。

のらくろ焼きは昔と同じ場所にあった。クルマで待つ和彦をおいて、桂子は店の前に立った。たたずまいにもほとんど変化がない。のらくろの顔が描かれた看板は、たぶん何度も塗りかえはしただろうけれど、同じ絵柄だった。いったいこの店はいつからあるのだろう。店のおばさんはおばあさんになっていたが、表情も身のこなしもしっかりとしていた。桂子が地元の人間なのか、そうではないのかもまったく関心のない顔でお釣りを渡し、「ありがとう。おいしく召しあがれ」と最後に言った。二十年前とまったく変わらない言葉。

経木につつまれたあたたかいのらくろ焼きを膝のうえにのせて、智脚岩の中腹の駐車場までクルマでのぼった。日が傾きはじめて、だいぶ気温がさがってきた。駐車場には、クルマは一台も停まっていなかった。

標高は八十二メートル。枝留の名所だった。数百万年前に、地下からせりだすようにしてあらわれた火山性の岩だと聞いたことがある。智脚岩の周辺はアイヌの古戦場でもあり、黒曜石の矢尻や石斧《せきふ》がたびたび出土するとも聞いていた。町のほぼ中央、枝留駅を見おろす場所にあり、つまりプラットホームからは智脚岩を見あげることになる。札幌から枝留に着いたと実感するのは、智脚岩が目にはいったときだ。

桂子がある時期ずいぶん惹《ひ》かれていた、産婦人科医の息子の遠藤君が、ガールフレンドを連れてここに来ていたのを目撃され、学校で噂《うわさ》になったことを思いだす。相手は遠藤君といっしょに学級委員をしていた女の子で、勉強のできる大人びた子だった。遠藤君は北大に行ったあと、いまはアメリカの研究所にいると聞いている。学級委員の女の子がその後どうしているか、桂子は知らなかった。

智脚岩の頂上には小さな天体観測用のドームがある。そこから少し下がった絶壁のふちに東屋があり、タイルのはられたコンクリートのスツールが円陣を組むように並んでいる。これも昔のままだった。

桂子と和彦はスツールに腰かけて、のらくろ焼きを食べた。まだ熱々のとろりとした餡《あん》は中学生のとき毎日飽きずに食べたおいしさの記憶そのままだった。

おもちゃのような石北本線の列車が枝留駅に入り、スピードを落として停車するのが見えた。

「智脚岩にはよく来てたの」

和彦が訊いた。

「そうでもないけど、たまにね」

「ぼくは天文部だったからよく通ってたんだ、高校生のころだけど」

知らないことがまだまだたくさんある、と桂子は思った。

「土星の輪を、ここで生まれてはじめて見たんだ。明け方にきたときには、びっくりするほどたくさん、流れ星も見たな」和彦はなにかを思いだし、笑いながらつづけた。「真夜中に酔っぱらいがのぼってきたこともあった。ぼくがドームから出てくると、お前はなんだ、なにしてるんだっていうわけ」

電車が発車するベルが下から聞こえてくる。

「天文部です、って言ったら、天文？　いい若いもんが、そんな何億光年も昔の、死んだ光を見てどうする。いま目の前の現実をちゃんと見なさい。さもなくば未来を見よ。木星だ金星だ土星だって、いつまでたっても行けやしないところを覗《のぞ》き見したってしょうがねえだろって説教されちゃって」

桂子は笑って立ちあがると、下を見おろした。

テレビ塔の高台から見た安地内村の眺めよりはるかに建物が密集し、道路も網の目のように整備され、人がおおく集まる町が遠くまで広がっている。この眺めのどこかに、和彦の父の会社があり、長谷川夫妻が住んでいた家がある。そう思っても、目の前にひろがる光景からは、なんの現実感も湧《わ》きあがってこなかった。

川幅を広げた湧別川が、音もなく、ただ水面を光らせている。これだけ離れてしまうと、流れているのかどうかさえわからない。この大きな川が、安地内村の和彦の家の裏に途切れることなくつながっているとはとても思えなかった。

安地内村に移ってから、枝留よりもさらに広がりと奥行きのある夜空の星を、見あげることもあったのだろうか。明かりひとつない牧場で虫の音を録音しながら、あのおそろしいほどの星空を見ている和彦の、高校生のころにもどったような横顔が思い浮かぶ。

ふたりはクルマにもどり、町でいちばんおいしいと言われている鮨屋《すしや》に寄った。つけ台の向こうの職人は和彦をよく知っているようだったが、踏みこんだ話はなにもしなかった。

帰り道、真っ暗な国道を走りながら、「安地内がいいな」と和彦はひとことだけ言った。あとはずっと黙っていた。どうして桂子を連れて枝留に行こうと思ったのか、最後まで何も言わなかったが、どこかわかる気がした。

別れ際《ぎわ》、「ありがとう、枝留に連れて行ってくれて。たのしかった」と桂子は言った。


翌週の土曜日の朝だった。この秋、三度目の台風が本州を北上し、北海道に近づいていた。雨は四日前から降りつづき、強い雨がいったん小雨になり、また強くなる、というくり返しだったが、朝から雨脚がさらに強くなり、おさまる気配がなかった。南から、強くなまあたたかい風が吹きこんでくる。

桂子はいつもより早く家を出て、和彦の家に着いた。クルマをおりて玄関にたどりつくまでの短いあいだに全身がずぶ濡れになってしまった。Tシャツとジーンズを借りて着がえると、わずかに和彦の匂いがした。

夏の終わりごろから、和彦はひんぱんに枝留に通うようになった。しばらくその理由について口を濁していたが、夕食の約束をしていた先週の水曜日、いつになってももどってこないので置き手紙を残して帰ろうとした矢先に、やっとクルマの音がした。ドアが開くと、夜の闇《やみ》から虫の鳴き声が大量に押しよせてきた。桂子は和彦の疲弊した顔を見て、だいじょうぶ？　とだけ言った。和彦は桂子の顔を見ないまま、離婚調停がこれからはじまることになると思う、とぽつりと言った。

台風が迫っていた。

青森のリンゴが大打撃を受けたことを昨夜のニュースで知った。風も強いがとりわけ雨雲の動きが活発で、降雨量が桁《けた》はずれに多い台風だった。進路は北海道の西のようだが、雨雲のかたまりがすでに北海道の大部分を包みこんでいる。

湧別川の水位があがってきたのを見て、和彦はきのうのうちから村役場の人の助けを借り、発電小屋と川のあいだに土嚢《どのう》を積みあげていた。

「これだけやっておけば、よっぽどのことがないかぎり大丈夫だろう」

そなえるべきことをすべて済ませた和彦は、そう言った。取水堰《しゅすいせき》の排水口を開け、取水口からの流入量も調整してある。川がさらに増水したとしても、ヘッドタンクに流れこむ水の量は増えないはずだった。朝、すべての計器をチェックしたが、それぞれ問題なく、晴れであろうが大雨であろうが一定の電力をつくり送電するシステムは十全に機能していた。

午後になると、風雨がさらに強くなりはじめた。ラジオのニュースでは苫小牧が最大瞬間風速二十四メートルを記録し、七十二時間の降水量が旭川、富良野、石狩、余市で二百ミリを超えたという。石狩川も豊平川も空知川も夕張川も避難判断水位を超え、数えきれない橋が通行止めになっているらしい。

山肌の木々のあいだをぬうように、雨水の流れる筋が何本もできている。雨脚は強くなるいっぽうに見えた。

午後六時のラジオのニュースを聞いているとき、電話が鳴った。村役場からだった。湧別川が避難判断水位を超えたので、状況を判断して、すみやかに避難してほしい、という。雨の音がさらに強くなってきた。窓から外を見渡すと、いつもよりはるかに水位のあがった川面が見え、黄褐色の濁流がうねっていた。

午後七時をすぎたとき、一度だけ電気が途切れた瞬間があった。警報は鳴らなかったが、和彦は急いで防水のパーカをはおると発電小屋に向かった。まもなくもどってきた和彦の顔はずぶ濡れだった。

「こっちは問題ない。全部正常なんだ。ひょっとして北電で停電があったのかもしれない。ニュースで何か言ってた?」

そう訊《たず》ねるそばから、北電の枝留管内が送電線の断裂で停電になっているというニュースが読みあげられた。台風が去るまでは復旧の見込みが立たない、とアナウンサーが告げている。

それからの二時間のあいだに、いまだ経験したことのないほどの雨と風が家全体にのしかかってきた。内部は和彦の望むように改装されているが、外側は半世紀前のままの木造部分も残っている。せめて窓だけでも外からベニヤを打ちつけておくべきだったと和彦は言った。「大きな枝が飛んできたらひとたまりもない」桂子は窓の外の暗闇を見て、このまま家の下敷きになってふたりで死ぬこともあるのだろうか、と一瞬考えた。

家の壁や窓に雨が叩《たた》きつける音を聞き、風のうなりを聞きながら、ふたりはダイニングのテーブルに黙って座っていた。

やがて風は、みるみるうちに力を落としはじめた。降りしきり叩きつけていた雨も勢いを失ってゆく。台風ははっきりと峠を越えたようだった。あっけなく、風も雨も鎮《しず》まってゆく。

「ちょっと小屋を見てくる」

和彦が言った。

「明日の朝でいいでしょ。まだ危ないからやめて」

「いや、ちょっと心配なんだ」

ラジオでは湧別川の増水はまだしばらくつづく、絶対に川には近づかないように、と何度もくり返されていた。

「川には近寄らないでね」

「わかってる」

和彦が玄関をあけると、リビングのなかに巨大な舌がさしこまれたように湿った風が入ってきた。空のうえのほうからうなるような音が聞こえてくる。

まもなく和彦がもどってきた。

「まいった」

どうしたの、と桂子が訊く。

「このままだと川の水が土嚢をこえてくる。すごい勢いだから、いったん土嚢をのりこえたらあっという間に浸水するだろう。ここにいないほうがいいかもしれない」

桂子は黙って頷《うなず》いた。

発電小屋を守るといっても、このような事態になれば、もう誰の手を使ってもどうにもならないだろうということは桂子にもわかった。

「持っていくものは？」

「うん」

和彦の目が、部屋のなかを漂うようだった。

「いいんだ。リュックに入るものだけで」

引き出しを乱暴にあけ、いくつかの書類と通帳をひっぱりだし、和彦は急いでリュックに詰めはじめた。音のＣＤの一部は持ちだせそうに思ったが、和彦はオーディオのあたりには目をやろうとさえしなかった。

桂子は家のなかを見渡した。いつのまにか馴染《なじ》んだ食器やカップ、ケトルが目にはいった。テーブルも、椅子《いす》も、ソファも持ちだせはしないが、それを目に焼きつけるようにした。

ラジオでは、湧別川の増水と停電の情報がくりかえし伝えられていた。道内の行方不明者、死者の数がわずかに増えている。

――川の様子を見にいかないようにしてください。低い土地に住んでいらっしゃる方は高台に避難してください。

「じゃあ、行こう」

和彦は桂子の手を握ったまま玄関を出ると、鍵をしめた。和彦の手は少し震えていた。部屋の電気は点《つ》けたままにした。窓からこぼれる明かりをたよりにチェロキーに向かう。和彦は桂子を助手席に乗せると、自分はとなりにある桂子のクルマに乗りこんで短い坂を上り、ヘッドタンクの建屋の前に移動させた。雨はやんでいた。和彦がチェロキーの運転席に移ってクルマを出す。うしろをふりかえったとき、芝生の向こうに立ち並ぶドロヤナギの根もとを濁流がなめ、すでに何本かが斜めに傾きはじめているのが見えた。

チェロキーは林道をゆき、去年の秋、ふたりで歩いてのぼったテレビ塔への道を進んだ。暴風で落とされた枝や葉が道のあちこちに散らばり、クルマのライトを受けて光っている。枝を踏んで進むたびにジープに軽い震動が伝わる。

テレビ塔の手前でクルマをおりると、安地内村の明かりが点々と灯《とも》っているのが見渡せた。北電の枝留管内が停電になっても、安地内だけはこうして電気が通じている。フランシスのおかげだった。

空を見あげると、雲が猛烈な勢いで北西へと動いていた。雲間がぐんぐんひろがり、黒々とした夜空がのぞきはじめている。すでにいくつもの星が姿を見せ、輝いていた。

北側に据えられた手すりに近づいて、和彦は小屋を見下ろしている。桂子は和彦のとなりに立つ。小屋の明かりが見える。

和彦が、だめだ、とつぶやくように言った。

「もう土嚢が見えない。さっきまでは土嚢の白い袋が、なかの明かりを反射していたのに、もう見えなくなった。のみこまれたんだ」

桂子はなんと答えていいかわからず黙って和彦の腕にふれた。上空に風のうねりが残っている。桂子はまた空を見あげた。雲はほとんどかき消えていた。星が、圧倒的な数の星が、空の端から端まで隙間なく輝いている。

発電小屋のある方角から窓の割れるような音が聞こえてきた。和彦がまたつぶやくように、だめだ、と言った。

それきりしばらく言葉はなかった。遠くでサイレンの音がする。

木のきしむような音が聞こえた。川岸の木が折れ、倒れかかっている音かもしれない。

そして突然、明かりが落ちた。家と発電小屋をふくめたあたり一帯が暗闇につつまれた。

その直後だった。目の下にひろがる安地内村ぜんたいが、わずかな秒差の波を見せながらつぎつぎに光を失っていった。小麦畑を押し撫《な》でる風よりはるかに速く、安地内の明かりがすべて消えた。

フランシスが川に沈んだ。

あっけない終わりだった。

安地内村が暗闇に閉ざされ、見えなくなった。

桂子はとなりの和彦の見えない顔に手を伸ばし、頬に触れた。

和彦は、ため息ともうなり声ともつかない息をはき、暗闇のなかをさぐるようにして桂子の手をつかむと、握りしめた。

桂子は和彦に両腕をまわし、それから和彦の両腕のなかにもぐりこむようにして入った。

「真っ暗ね」

「小屋は水没だ」

いくら目をこらしても、眼下にひろがっているはずの安地内村も、家も、小屋も、川すらも、見えなかった。

「でも、大丈夫よ」

桂子は自分でも驚くような明るい声で言った。

「なにが、大丈夫なんだ」

「だって、わたしとあなたはここにいる」

和彦は桂子に聞かせるかのように大きなため息をついた。和彦の息が桂子の耳をくすぐった。

「ねえ、星をみて。すごいよ」

ふたりのうえに、底知れない奥行きと密度の暗闇がひろがっていた。そのすみずみに幾億とも幾兆とも知れない、身ぶるいするほどの数の星がまたたいていた。何千年前も、何万年前も、星空はこのようにひろがり、原生林を見おろし、惜しみなく光を降りそそいできたのだ。

星には音がある。桂子はそう思った。聞こえない音がひとつひとつの星からこちらに向かって降ってくる。その音は、光だった。光源にすらならない、はかない光の音。

この光があるうちは、なにも絶望することはない。光からの音を聞く耳を失わずにいれば、和彦とわたしは生きていける。桂子はそう信じることができた。そんなことをいま言っても、和彦にはわからないかもしれない。だからそう感じたことをわたしはまだ黙っていよう。たったいまは言葉より、こうしてふたりで抱きあっているだけがいい。和彦は桂子を両腕で抱いたまま、じっと動かずにいた。和彦のにおいと体温が、はっきりと桂子をつつみこんでいた。

遠くでふたたびサイレンの音がした。そして風向きが変わったとたん、なにも聞こえなくなった。

解説にかえて

山田真歩

「いちばん遠くから聞こえてくる音はなんですか？」

ある小学校の授業中に、こんなふうに言って学級崩壊からクラスを救った先生がいたという。それまで大声で騒ぎ立てていた子どもたちが途端に口をつぐみ、周囲の音に耳を傾けはじめた。教室の掛け時計の秒針の音、校庭で体育の授業をしている生徒たちの声、空を飛んでいく飛行機の音、鳥の鳴き声……。やがてチャイムが鳴り、みんなガタガタと教室から出ていく。でも、まだ一人だけ、「いちばん遠くから聞こえてくる音」に耳を澄ませつづける男の子がいる。

松家仁之さんという人は、私にとってそんな男の子のイメージがある。はじめて松家さんにお会いしたのは、テレビ番組「先人たちの底力　知恵泉《ちえいず》」（伊丹十三氏の回）の収録だった。とても穏やかで柔らかい話し方をされる方で、たどたどしい私の話を面白がって聞いてくださり勇気づけられた。

それから半年以上たち、松家さんの長編小説『沈むフランシス』の文庫版の解説を依頼されたときは驚いた。そこには、「色々な人の人生を演じてきた方の視点で本作はどのように映るのか是非感じたままに解説を書いていただきたく存じます」とあった。

私は「役者」という仕事を通して何を感じてきたのだろう？　松家さんの著作を読み進めながら、あらためて自分の「これまで」と「これから」に思い巡らせた。

＊

『沈むフランシス』が出版されたのは二〇一三年九月三十日。私は、その年の夏の出来事をとくべつよく覚えている。はじめて「青春18きっぷ」を買い、「東北の祭り巡り」と称して一人旅に出かけたからだ。東日本大震災から二年後だったけれど、山形の花笠祭り、宮城の七夕祭りと、街はどこも人で賑《にぎ》わっていた。でも、岩手の大船渡《おおふなと》市に着くと、一面がれきの風景がつづいていた。ところどころに残った家のコンクリートの間取りからは、名前の知らない草花が生えていた。

最後に見た「お祭り」は陸前高田市だった。津波で家を流された人たちが暮らす仮設住宅で盆踊りが行われていた。街灯もなく真っ暗な夜、プレハブ住宅を飾る豆電球の色とりどりの明かりが眩《まぶ》しかったのを覚えている。

その旅の間中、私は見知らぬ街を歩きながら、だんだん自分の輪郭が透けていくような気がしていた。携帯電話を握りしめ、家族やこれまで出会ってきた人たちにずっと電話をかけていた。せっかく買った「青春18きっぷ」も各駅停車のスピードに耐えられず、急行に乗り換えて帰ってきてしまった。

いま思えば、旅の本当の目的は「お祭り」ではなかった。二十代後半で会社を辞め、不安定な「役者」の道を選んで間もないころだった。あのときの自分が感じていたことを言葉にするとしたら、こういうことだったのかもしれない。

「私は何とつながっていればいいのだろう？　どこに自分の居場所はあるのだろう？」

その東北の一人旅から戻ってきて間もなく結婚をした。そして数年後にまた一人になったとき、私はちょうど『沈むフランシス』の主人公の「桂子」と同じ年齢になっていた。

＊

演じることは旅をすることに似ていると思うときがある。いろんな状況にある人物を演じるということは、私にとって、自分の慣れ親しんだ場所からズレて世界を見ることだった。これまでの自分だったら選ばない洋服や靴を身につけ、なじみのない土地の方言をしゃべる。あたらしい役を演じるたびに、「ここから見ると世界はこう見えるんだ」という発見があった。

「桂子」が学生時代に「フィールドワーク」で北海道の村に滞在し、老人たちの話を聞いてまわったという場面が出てくる。研究対象の土地へ実際に赴き、そこで暮らすひとびとと同じ空気を吸い、聞き取り調査をする。なんだか私がやってきたことと似ているなと思った。私も役を深く理解したいと思うとき、そのための準備は自然と「フィールドワーク」に近くなった。

ただ、〝研究対象〟として誰かと関わり合うことは、どこかに後ろめたさが残る。相手が心を開いてくれればくれるほど淋《さび》しさも増す。どんなに深く寄り添ったとしても、自分はそこにとどまらず、いつかは去っていく「よそ者」だからだ。

思えば、芝居の世界は去っていくことが前提だった。一緒に「家族」を演じていた人たちも撮影が終われば「おつかれさまでした」と別れ、背景もまた更地に戻る。演じれば演じるほど、人格も、人間関係も、住む場所も「借りもの」で、いつかはふせんのように剝《は》がれ落ちるものに思えてきた。虚構の世界に住所はなく、芝居が終わると私は客の乗らないタクシーの運転手のように行き先を失った。

それは住む部屋に現れる。あるとき友人が私の部屋を訪れてポツリとこう言った。「生活の汚れが積み重なっていない部屋だね」。その一言は心の底まで落ちてきてこだました。気づけば私の暮らす空間は、いつでも去っていける旅人の仮住まいのようになっていた。

子どものころ、「演じること」はいちばん自然で楽しいことだった。私はどこかで何かを落としてきてしまったのだろうか。

＊

「桂子」は三十代半ばで男と別れ、長年勤めた会社も辞めて、かつてフィールドワークで来た土地に、今度は「よそ者」ではなく「共に暮らす人」として移り住む。そこに血縁や地縁があるわけでもない。ただ、アイヌ語の響きを残す地名が「泣きたくなるほどなつかしかった」という感覚に導かれて。選んだ仕事は郵便配達。東京の大会社で「顔の見えないひとびと」が相手ではなく、一軒一軒のドアを開ければそれぞれ違った生活の匂《にお》いがしてくる仕事だ。家々をつなぐ配達ルートは星座のように毎日変わり、そこで印象深いひとびとと出会っていく——。

私は「桂子」がつながりを取り戻していく人に見えた。

川のほとりに住む「寺富野《てらとみの》和彦」は、世界中のあらゆる場所で採集した「音」をオーディオで聴くという趣味があった。それらの「音」は現実よりも生々しく、まるで目の前で展開しているような存在感がある。でも「音」は目に見えず、手で触れることもできない。「いまここ」という空間に現れ、雨粒のような丸い波紋を広げ、また何事もなかったかのように消えていく。

私はこの「和彦」という人物が、どこか軌道を外れた星のようにポツンとして見えた。どんなに目を凝らしても、彼のまわりには「これまで」や「これから」が見えてこない。「桂子」も「和彦」との関係が深まるにつれ、「どこにも届かない曖昧《あいまい》な空間に宙づりにされているような感覚」を覚える。

「桂子」が「和彦」の過去に触れたことがきっかけで、はじめてお互いの胸の内をぶつけあう場面がある。

「これまで生きてきたことのあらいざらいを、いちいちぜんぶ思いだして、ひとつ残らずあなたに伝えないといけないのか？　いまここにいて、いま目の前にいて、となりにいるおたがいがすべてで、どうしていけないいんだ。」

「和彦」の台詞《せりふ》に、私は「役者」という漂泊生活の中で「今日一日」や「いまここ」という単位で物事を考えるように慣らしてきた自分を見るような気がした。それは見えない未来への不安や日常生活での居場所のなさの裏返しでもあった。

「和彦」の問いに、「桂子」は静かに答える。

「わたしは、これまでのことだって知りたい。いまのこの瞬間は、とつぜんここに現れたわけじゃないでしょう。あなたにも子どもだったときがあって、わたしだって子どもだった。（中略）ときどきはふり返って、自分はどうしていまここにこうしているのか、考えてみたほうがいいんじゃないの。」

「いま」という時間の奥には無限に広がる目に見えないつながりがある。ポツンとして見える「音」も、大きな目線で見ればメロディーの中にある。ひとつのうねりのような「音楽」も近づいて（ゆっくり弾いて）いけば、いつかは旋律が消えて一音一音の「音」の響きになる。距離感が違うだけで、こんなにも見えてくる世界が変わるのは不思議だと思った。

＊

一人暮らしの老婦人「御法川《みのりかわ》さん」は目が見えない。でも彼女には見えている風景があり、聴こえている音がある。

あるとき、何千年も前の安地内《アンチナイ》村の風景を「桂子」に語る。鬱蒼《うっそう》とした原生林で、まだ誰の土地でもなかったこと。そこにアイヌの人たちや、クマやキツネがやってきて、内地の人たちも移り住んで村に名前をつけたこと。そして「でもね」と続ける。「ほんとうは誰でもただ流れてるだけでしょう。なにかに連れ去られるようにして、いつのまにかたどりついたところに、ひとは立ってるの。風にはこばれる種と同じ。どこであっても、旅先みたいなものなのよ。」

なんて遠い場所から見ているのだろうと思った。「御法川さん」の言葉に触れるたびに、これまで線引きしてきたものの境界線が薄くなり、自分の輪郭も解《ほど》けてもっと大きなものに混じり合っていくように感じた。

またあるとき、「桂子」の手に触れながら、「冬眠ってね、いったん死ぬことなのよ」と語り出す。春に目覚めたクマには、秋のクマとは別のたましいが入っていることがある。季節がひと巡りするのはそれぐらい大きなことなのだ、と。そして、こんな忘れがたい言葉で終わる。「だから、死ぬんだったらちゃんと死ななきゃだめ。（中略）どんなにおおきな音がしても、どんなに揺さぶられても。それにだまされてはだめ。ほんとうの音をきくようにこころがけなさい。」

『沈むフランシス』を読んでいると、とても大きな視点から同時に「いまここ」を見ているような感覚になる。私はページをめくるごとに、あらゆるものが姿かたちを変えながら、季節とともに巡っていることに気づかされる。

「桂子」はオックステールを料理して食べながら、満天の星の下で尻尾《しっぽ》をゆったり振って牧草を食《は》む牛たちを想像し、空から舞い降りる雪の結晶たちは音もなく地上で溶け、いつか「和彦」の家の近くの川を流れていく——。

＊

今年四十三歳になり、「役者」の仕事は十四年つづいた。いまは仲の良かった夫婦と猫が引っ越して空になった平屋に住んでいる。窓のすぐ外には小さな川が流れていて、目の前に梅の木が二本あり、ときどき小鳥が囀《さえず》りにやってくる。机の上には『沈むフランシス』。

私はもう一度耳を澄ませることにする。クマの冬眠のように深く深く沈んで、おとづれを待ちたい。「御法川さん」の言う「ほんとうの音」――それは「なつかしい音」なのではないかと思った。「桂子」がアイヌ語の響きや黒曜石に感じたように、いまの自分を遠くから見守ってくれていると信じられるような。「なつかしさ」の奥にはきっと目に見えないつながりがある。

（令和七年一月）

この作品は平成二十五年九月新潮社より刊行された。

沈《しず》むフランシス

新潮文庫　ま-67-2

令和七年三月一日発行

著者　松《まつ》家《いえ》仁《まさ》之《し》

発行者　佐藤隆信

発行所　株式会社新潮社

郵便番号　一六二―八七一一
東京都新宿区矢来町七一
電話　編集部(〇三)三二六六―五四四〇
　　　読者係(〇三)三二六六―五一一一
https://www.shinchosha.co.jp

価格はカバーに表示してあります。

乱丁・落丁本は、ご面倒ですが小社読者係宛ご送付ください。送料小社負担にてお取替えいたします。

印刷・株式会社精興社　製本・加藤製本株式会社

ISBN978-4-10-105572-5 C0193